読み直し文学講座Ⅳ

志賀直哉の短編小説を読み直す

「小説の神様」が仕組んだ
「神話」と「歴史」のトリック

『小僧の神様』『城の崎にて』『焚火』『真鶴』

島村輝

かもがわ出版

まえがき

「絶品」「究極の小説」などと評価されてきた志賀直哉の短編ですが、実際に読んでみると「これは何が言いたいの？　どこが面白いの？」「夏休みの日記か作文みたいな内容で、どういう意味があるのかよくわからない」といった感想を抱く人も少なくありません。しかし、プロレタリア文学者・小林多喜二は志賀を師と仰ぎ、志賀も多喜二を高く評価していました。一見すると現実批判とは縁遠いように思われる志賀作品ですが、その根底には、神話や民俗的伝承に根差した、根源的な社会批判を読みとることができます。

では、どうしてそのような読み方が可能だと言えるのでしょうか。

「作家」といい「作品」といっても、それは「言葉」を操《あやつ》る人であり、「言葉」によって組み立てられたものです。当然のことですが、文学は「言葉」と切り離せません。そこで、実はその「言葉」そのものが「社会性」「歴史性」を内包してはいないか、という問いをたてると、その可能性が見いだされるのではないかと思います。

一つの小説の中の、一つの物事、一つの出来事を記述する「言葉」一つひとつも、悠久《ゆうきゅう》の昔から使われてきた、他の膨大《ぼうだい》な「言葉」の網《あみ》の交点の一つに過ぎないと考えられます。短いフレーズを構成する一つひとつの「言葉」の成り立ちまで遡《さかのぼ》っていけば、その背後に無数の「言葉」による出来事の記述が潜《ひそ》んでいることに気付くことになります。そこには既成の概念による「社会」性とか、「歴史」性とかとは違った、別の意味での「言葉」の「社会性」「歴史性」の在り方が見出されるはずです。そうだとすれば、「言葉」そのものが「社会性」「歴史性」を含むという意味で、文学作品そのものも「社会」「歴史」を内包しているとは考えられないでしょうか。

ここでいう文学作品とは、決して「社会小説」「歴史小説」といったジャンルに限定されるものではありません。そうではなくて、「言葉」の性質そのものが含みこんでいる「社会性」「歴史性」が、テクストのすべてに潜在《せんざい》しているという想定が可能だろうと考えられるということです。そのように考えると、優れた文学作品は決して「過去」のものではなく、「文学=史」として、私たちが呼吸し、生活している今につながる、生きた「社会」の姿、「歴史」の現れそのものなのだといえるのではないでしょうか。多喜二をはじめとする同時代の文学愛好者たちが敏感に感じ取ったように、志賀直哉は、そのような意味での「社会性」「歴史性」が読み解いていかれるような「言葉」を連ねた、稀有《けう》の作家だったと考えることができます。

今回取り上げる短編小説四作品を通じて、そうした志賀直哉の小説作法のエッセンスを味わってみましょう。

もくじ

＊引用は岩波文庫　志賀直哉作『小僧の神様　他十篇』より
＊引用のページ数・行数は（ｐ○○・○○～）で表記
＊中学生も読み進められるように、難解な語句にルビを振った。

第Ⅰ章　『小僧の神様』―神話や民俗的伝承に根差した、根源的な社会批判

これから「読み直し文学講座」、志賀直哉の四編の短編小説についてお話しする、フェリス女学院大学の島村輝と申します。最初に、私自身のことについて簡単に自己紹介をしておきます。

今から四〇年ほど前に、大学院生だったころ、プロレタリア文学の作家である、小林多喜二という小説家について取り組むということから、研究の世界に踏み込んでいきました。小林多喜二という作家は、この講座の別の巻でも取り上げていくことになりますが、その当時は、プロレタリア文学の研究をする、ましてやその代表的存在である小林多喜二の研究をするという人はわずかでした。それからかなりの年月にわたって研究を継続してきましたが、今から一〇年ちょっと前、『蟹工船《かにこうせん》』のブームが訪れました。そこで小林多喜二の他の作品の読み直しもされていくということになり、私の研究生活の中では、ひとつの山場が訪れたということになります。

今回は志賀直哉についてのお話をすることになりますが、志賀直哉という小説家は、実は小林多喜二が大変尊敬していて、自分の文学上の師と考えていた作家です。生前に小林多喜二は、志賀直

哉を訪ねています。志賀直哉は奈良に住んでいましたが、一晩そこに泊めてもらい、いろいろな話をしました。このことは志賀直哉がのちに書き留めています。志賀は小林多喜二からもらった本について、自分の感想を書いて多喜二宛に送っています。一九三三年二月に小林多喜二は当時の特高警察の手によって逮捕され、拷問《ごうもん》のすえに虐殺《ぎゃくさつ》されてしまいますが、その多喜二の死に対しても大変な憤《いきどお》りを表明しています。そして、多喜二のお葬式《そうしき》には生花を贈るという、そういう人なのです。

多喜二自身も志賀を先生と仰ぎ、志賀の小説から多くを学びました。彼は若くして殺されてしまい、短い期間しか小説家としての仕事をすることはできませんでしたが、小説家として出発する前のもっと若い頃から、志賀の小説をよく読み、そこから学んでいたことが知られています。

では、多喜二は志賀直哉のどこに惹《ひ》かれたのでしょうか、志賀直哉という人はどれほどの作家だったのでしょうか。今回はそのあたりからお話を始め、彼の代表作と考えられている『小僧の神様』という作品を細かく読んでいきたいと思います。そこからも、多喜二は志賀のどういうところに感服《かんぷく》し、何を感じ取ったのかがお分かりいただけると思います。

「志賀直哉の短編小説を読み直す」という今回の講座には、―「小説の神様」が仕組んだ「神話」と「歴史」のトリック―というサブタイトルをつけています。ここで何を言おうとしているのか、ということからお話を始めようと思います。

志賀直哉は「小説の神様」と言われています。その代表作の一つとしての『小僧の神様』については、すでにお読みになった方もたくさんいらっしゃるでしょう。短い小説ですし、それほど難しいことを書いているわけでもありませんので、なるほどこういう話なのか、いや、それは前々から知っています、という方もいらっしゃると思います。この小説のあらすじはわかりやすく、誰にでもこういうところがおもしろい、と言えるわけです。

しかしその半面、大半の受け止めとはちょっと違う、不思議な小説だという印象も受けます。文章そのものはやさしいのですが、読後にもたらされる印象は、とても奇妙な感じがします。今回も最後のほうでお話ししますが、小説の最後の最後になぜ「作者」なるものが登場し、結末を書いているようで書いていないような、そんな終わり方になっているのかということも、非常に不思議な感じがします。

この小説については、「絶品である」とか、「究極の小説である」と評価されてきましたが、実際に読んでみると、作文か綴《つづ》り方のようで、よく意味がわからないという感想を抱《いだ》く人も少なくありません。次章で取り上げる『城の崎にて』という作品もまた、夏休みの日記のような感じがしないでもありません。しかし、先ほども申し上げましたように、プロレタリア文学者小林多喜二は志賀を師と仰いでおり、志賀も多喜二を高く評価しています。そこに何があるのか。先回りして言いますと、どうも一見すると現実批判とは縁遠いように思われる志賀の作品なのですが、その根底には、われわれがちょっと見ただけでは気がつかない、神話や民俗学的な伝承《でんしょう》に根ざした、深いところにある根源的な社会批判を読み取るということができるのではないか、と私は考えています。

この巻では、この『小僧の神様』と『城の崎《き》にて』『焚火《たきび》』『真鶴《まなづる》』という四つの作品を取り上げて、志賀直哉の小説の方法とはどういうものなのかを考えていこうと思います。こうした、志賀作品のどこに本当のおもしろみがあるのかをきちんと考えようという研究が、最近、専門の学者などから改めて提唱されてきています。ですから、志賀小説の読み直しが、これまでの一般的な志賀の評価を変えていく、そういう機運があるということを、最初にお話をさせていただきました。

それでは本文に入っていきたいと思います。

私はこの作品は「神様の小説」と考えてよいと思っていますが、その根拠はいったいどこにあるのか、ということを冒頭の一行から読み解いていくことから始めたいと思います。

『小僧の神様』は、志賀直哉が所属していた有名な文学の雑誌である『白樺』の一九二〇（大正九）年一月号に掲載されました。ほぼ一〇〇年前の作品ということになりますが、そこを念頭に置いて考えていきたいと思います。

『小僧の神様』という小説を読む場合には、このタイトルもとても大事です。これは小僧と、その神様についての話なのだと、まずタイトルは述べているわけです。その中身について考えていきましょう。

冒頭の一節です。（p5・l～）

仙吉《せんきち》は神田のある秤屋《はかりや》の店に奉公《ほうこう》している。

この出だしに何の意味があるのか、とお考えになる方もいると思います。でも、小説の出だしはとても大事なものなのです。優れた小説は、この出だしの一節、長くてもせいぜい出だしの一段落で、その小説が描き出そうとしている世界の中に読む人をぐっと引き込んでいく、そうした仕掛けが施されていると考えることができます。

たとえば、この本の場合には、「読み直し文学講座」というシリーズがあり、そこで志賀直哉の『小僧の神様』という小説について、島村という先生が語っているのだな、という大枠が、読もうとする人の間で共有され、予備知識を持って読み進む構えもできているわけです。しかし小説というのは、書いている作者にしてみれば、自分の頭の中に書いている世界はでき上がっていますが、それをどういう人が読むのかはわかりません。顔が見えるわけでもない、まして話をしたことがあるわけでもない、まったく知らない人に語りかけなければなりません。しかもやっかいなことには、小説というのは、言葉によって作られていますから、ある時間的な経過がないとその全体像がわかってもらえないということになります。ですから、書き出しがダラダラしているとか、書き出しに何を書いているのかよくわからないということでは、店頭でその本を手に取って読み始めてもつまらないから買うのは止めよう、あるいは買って読み始めても根気が続かなくて読み続けられない、ということが起こってきかねません。ですから、小説家が小説を書く場合には、この冒頭の部分に大きな工夫を払っていく、ということになります。どういう工夫かといいますと、一言でいえば、その小説の描いている世界の中に読者を一気に引きずり込んでいく、そのための仕掛けが施されているということになります。

つまり、冒頭の一文あるいは長くて一段落、この『小僧の神様』の場合は一文で冒頭一段落になっていますので、まず、この冒頭の一文一段落の中に、この小説の世界がぎゅーっと凝縮して表現されていると考えていいのではないかということです。そこで冒頭の、「仙吉《せんきち》は神田のある秤屋《はかりや》の店に奉公《ほうこう》している。」という一節に何が書かれているのかを、じっくり見ていこうと思います。

まず、小僧の名前は、何の紹介もなくていきなり「仙吉は」ときますから、仙吉と言います。仙吉の「仙」という字は、仙人の「仙」です。山に籠《こ》もって超能力、神通力を身につけた人を仙人と呼びますが、これは、「神仙《しんせん》」という言葉があるように、神と同じく非合理的で超越的な存在という意味を持つ、神と同等のような存在です。「吉《きち》」は、「よし」とも読むように、縁起のいいことを表します。占いをしたりおみくじを引いて、吉とか大吉と出たら、みなさんは「やったぁ」「いいことが起こるに違いない」と思うでしょう。ですから、「仙吉」という名前にどういう意味が込められているかといえば、神のような超越者から、幸運、よい縁起をもたらされるという、預言的な意味を持っていると考えることができます。

西洋の作曲家にモーツアルトという人がいますが、そのミドルネームを含めた本名は、ヴォルフガング・アマデウス・モーツァルトと言います。「アマ」というのは愛、「デウス」は神なので、「アマデウス」というのは神によって恩寵《おんちょう》を授《さず》けられ、神に嘉《よみ》されたという意味になるわけです。ピーター・シェーファーという戯曲家が、その「アマデウス」というタイトルで舞台劇を書いていて、それは映画にもなっています。つまり、神によって恩寵を恵まれた神童《しんどう》である、それがアマデウスなのです。仙吉という名前も、ほぼアマデウス、神に嘉されたという意味を持っていると考えることができるというわけです。

さて、次は、「神田」です。神田の「神」はもちろん神様でいいわけですが、「田」とはなんでしょうか。「田」という字は見てわかるように、日本では田んぼそのままの形をしていますが、この漢字のもともとの意味は、水田だけを表すわけではありません。田園地帯などという言葉があるように、これは人が手を入れて耕され、区画された場所ということになります。ですから、ある計《はか》らいによって区切られ、整理された場所、つまり領域という意味が含まれています。神田というのは、そういう意味で言いますと、神によって統《す》べられた、神の力の及ぶ領域を表していると考えられます。

さて、次に「秤屋」という字について見ていきます。「秤《はかり》」という字はどういう成り立ちになっているかというと、左側はのぎへんの「禾《のぎ》」です。他にのぎへんの付いた字を考えていただくとわかるように、稲とか秋とかいった作物や耕作に関することがらを表しています。つまり、田畑から採れる食べ物の元となる作物に関わるという意味です。右側は「平」という字です。そこから「秤」

という文字の意味を考えますと、昔は、秤というのは棒秤ですから、秤の棒を平らにして穀物《こくもつ》をはかるということ、すなわち、食べ物の公正な秤量《ひょうりょう》であり、公平な分配という意味を含意《がんい》していることがわかります。

その次の「屋」というのは、食べ物が公正かつ公平であることが保障されるような場所、という意味を持っているということになります。

最後に、「奉公」というのは、おおやけに一身を捧《ささ》げて仕《つか》えるという意味があります。奉公という言葉の意味についてはのちにまた説明しますが、「仙吉は神田のある秤屋の店に奉公している」というのは、神に嘉《よみ》された一人の少年が、神の領域において、食べ物の公正と公平を保障する仕事をしている店で、一身に身を捧げて仕えているということになります。そのようにして、神に仕えている子どもが、その神様から恵みを受けるという、この小説に書かれている概要のほとんどすべてが、冒頭の一文一段落の中に込められていると言えます。

もう少し詳しく言いますと、公平という意味をもつ秤を扱っている秤屋において、「鮨《すし》を食べられる番頭達」と「鮨を食べられない仙吉」という不公平な図式が発生します。そしてその後の展開として、仙吉が「貴族院議員A」に鮨を奢《おご》られる場面が出てきます。「神から幸運をもたらされる」ことがその名に組み込まれている仙吉が、「神の力が及ぶ領域」で「一身を捧げて仕えている」にも拘《かか》わらず、ほかならぬ「秤屋」のもとで不公平な立場に置かれているため、公平にしようという神の力が働き、鮨を奢られるに至るということなのです。話の概要が捉《とら》えにくいといいますが、この冒頭の部分を細かく注目してみると、この話の全体像の概要は、この一行目にすでに凝縮《ぎょうしゅく》されて表現されているということができると思います。

それでは、ここで言われている神様の神格とはどういうものなのでしょうか。この話の舞台は神田なので、この神田あたりにいる神様のことをまず考えてみなければなりません。神田といえば、鎮守《ちんじゅ》は神田明神《みょうじん》ということになります。神田明神には、どういう神様が祀《まつ》られているのかというと、三柱《みはしら》の神が祀られています。神田明神の公式ホームページでも示されていますが、それは、大国主命《おおくにぬしのみこと》、少彦名命《すくなひこなのみこと》、平将門命《たいらのまさかどのみこと》（平将門様）の三柱です。

この三柱の神には、ある共通した事実が見えてきます。それは、三柱の神とも、伊勢の神と対立的宿縁《しゅくえん》のある神様だということです。それはどこに書かれているのかといいますと、『古事記』の中にあります。

大国主命は、須佐之男命《すさのおのみこと》が治めていた豊葦原中国《とよあしはらのなかつくに》、すなわちこの地上のことですが、そこを須佐之男命の娘と結婚することによって司《つかさど》り、運営していくという役目をもって仕事をしていました。そこに、天津《あまつ》神々から遣《つか》いが差し向けられ、やむなく国を譲《ゆず》るということになります。そういう国譲りの対象となった神様です。その経緯は、『古事記』の中で、大国主命は抵抗を試みますが、武力的な脅迫《きょうはく》によってやむなく国を譲ることになった、ということが書かれています。

少彦名命というのは、大国主命と協力して国を運営していくために力を貸した、いわば大国主の盟友となった神様であることが、『古事記』には記されています。

次に、平将門命という神ですが、この人は、みなさんもご承知のように、平安時代末期の武士の力が勃興《ぼっこう》してくるころに、朝廷に対して反乱を起こして追われ、関東で「新皇《しんこう》」、新しい天皇であると名乗った平将門をさします。

ですから、この三柱の神々は、伊勢神道の神様と対立的な因縁を持つ神々の勢力であることがおわかりいただけると思います。この三柱の神が祀られているのが神田明神であるということは、神田全体を大きく司っている鎮守である神田明神の神々は反伊勢神道の神々であり、神田というのはそうした神様が勢力をもっている領域であると考えられるわけです。

また、大国主命の別名は「大黒様《だいこく》」であり、五穀豊穣《ごこくほうじょう》の農業の神です。また、少彦名命の別称である「恵比寿様《ゑびす》」というのは、大漁を祈願する大漁追福の漁業の神です。つまり大国主命と少彦名命のコンビからは、お米と魚、つまり鮨が連想されるということになります。

次に、鮨との関連でいいますと、仙吉が食べに行って手を出すのは鮪《まぐろ》の鮨なのです。（p9・14〜）

「海苔巻《のりまき》ありませんか」

「ああ今日は出来ないよ」肥《ふと》った鮨屋の主《あるじ》は鮨を握りながら、なおジロジロと小僧を見ていた。

小僧は少し思い切った調子で、こんな事は初めてじゃないと言うように、勢よく手を延ばし、三つほど並んでいる鮪の鮨の一つを摘《つま》んだ。ところが、何故《なぜ》か小僧は勢いよく延ばした割にその手をひく時、妙に躊躇《ちゅうちょ》した。

「一つ六銭だよ」と主が言った。

小僧は落とすように黙ってその鮨をまた台の上へ置いた。


ここで、小僧つまり仙吉が手を出すのは鮪なのですが、日本の神話を訪ねてみますと、「鮪」という名前をもった人物が出てきます。「まぐろ」とは読ませず、鮪のことですが「しび」という名前を持っています。『日本書紀』によりますと、平群鮪《へぐりのしび》という人物が、武烈《ぶれつ》天皇の時に現れます。この平群鮪という人は、物部麁鹿火《もののべのあらかひ》の娘である物部影媛《かげひめ》をめぐって、のちに武烈天皇という天皇になる小泊瀬稚鷦鷯尊《おばつせわかさぎきのすめらみこと》と争います。小泊瀬稚鷦鷯尊、すなわち武烈天皇は、すでに平群鮪と婚姻を交わしていた影媛のことを知り、怒り狂って大伴金村《おおとものかねむら》を派遣して、平群鮪を殺してしまうというエピソードになっています。この話を見ていきますと、「鮪」という文字を持つ平群鮪と敵対する小泊瀬稚鷦鷯尊（武烈天皇）という、天皇との対立関係の構図が浮かび上がってきて、この「鮪」も伊勢の神々にたいして恨みを持つものである、ということが現れてきます。

そしてまた、鮨との関係でいいますと、お稲荷《いなり》様が出てきます。神田にはたくさんの稲荷神社があります。これは、神田だけではなく日本各所にたくさんありますが、総本宮は伏見稲荷大社です。もともと稲荷というのは、説明しますと長いことになりますが、渡来系の豪族である秦氏《はたうじ》が、自らの氏族の氏神として祀ったということに出自を求めることができます。ということは、伊勢の神々の直系にあたる神ではないということになり、出雲大社もそうですが、この伏見稲荷もやはり大社という名前になっています。

稲荷については、天皇家にとって外様といってもよい立場にありますので、伏見稲荷大社に対して正一位《しょういちい》という、人間には与えられないような位を授《さず》けてうやまい尊重し、荒ぶる神とならないように心がけていることが見て取れます。この稲荷も、稲のなるところからきた稲作の神であることから、鮨に用いる米に繋《つな》がります。鮨そのものにも「稲荷寿司」がある通りです。仙吉のおばさんという人が、この稲荷信仰に一時期入れあげて、ちょっと狂信的な感じになったということも書かれています。

このような神々が、神田で仙吉を見守っているということが、この話の背後にあるということがまず一つです。

次に、仙吉に絡《から》んで、この話を作っていく「貴族院議員A」という存在について考えてみたいと思います。

貴族院というのは、今はありません。大日本帝国憲法のもとで帝国議会の一つの構成要素として組織されていたのが貴族院ですが、貴族院議員というのは、皇族・華族及び勅任《ちょくにん》された議員で組織されることになっていました。当時の国家体制は、天皇制によって天皇に権力が集中しており、主権は天皇にありました。政治に関しても天皇に統治権の全てが帰属していたわけですから、当然、貴族院というのは天皇の主権のもとにある機関であり、天皇側ということになります。

明治時代にあって天皇は、国家神道《しんとう》によって権威づけられた存在でした。国家神道というのは、明治の体制によって、いわば国教的な性格をもつものとして作り上げられたものであり、その下で天皇は現人神《あらひとがみ》として崇《あが》められていたわけです。

この天皇の神格性の主張は古来からあったものですが、『古事記』『日本書紀』などの記述を根拠とし権威付けられていったのが国家神道です。その本宗《ほんそう》は伊勢神宮とされ、伊勢神宮の祖神《そしん》は天照大御神《あまてらすおおみかみ》ということになります。豊葦原中国《とよあしはらのなかつくに》を平定するためにさまざまな遣《つか》いを送り、武力をちらつかせながら、最終的には大国主命《おおくにぬしのみこと》に国譲りを迫ったのは、この天照大御神でした。ですので、天皇側である貴族院議員Aはすなわち伊勢神道側であり、出雲側（反伊勢神道）の仙吉の立場とは対立していることになります。

つまり、伊勢側の貴族院議員Aが出雲側の仙吉に鮨を奢るということは、伊勢神道側を裏切ることになるわけです。Aが作中で、仙吉に鮨を奢ったあと、「人知れず悪い事をした後の気持に似通っている」「変に淋しい、いやな気持になった」というのは、このAの心情の裏付けにこのような背景があると考えられることにもなります。もちろんこのことに関しては、これまでの研究の中では、身分の違いがあるなかで自分だけがいい思いをしているという、内心引け目を感じるところのある貴族院議員が、良心にとがめられて、一時だけ小僧に鮨を奢ってやっても根本的な不平等はなくならないと考えたからだと説く説も、これまでずっとありました。そのこと自体が間違っているというわけではありませんが、それだけでは、テキストでいうと一六頁から一七頁にかけての一節の書き方や感覚とややそぐわないところがある、と考えられます。そこを読んでみましょう。（p16・9〜）

Aは変に淋《さび》しい気がした。自分は先の日小僧の気の毒な様子を見て、心から同情した。そして、出来る事なら、こうもしてやりたいと考えていた事を今日は偶然の機会から遂行《すいこう》出来たのである。小僧も満足し、自分も満足していいはずだ。人を喜ばす事は悪い事ではない。自分は当然、ある喜びを感じていいわけだ。ところが、どうだろう、この変に淋しい、いやな気持ちは。何故だろう。何から来るのだろう。丁度それは人知れず悪い事をした後《あと》の気持ちに似通っている。

もしかしたら、自分のした事が善事だという変な意識があって、それを本統の心から批判され、裏切られ、嘲《あざけ》られているのが、こうした淋しい感じで感ぜられるのかしら？　もう少し仕《し》た事を小さく、気楽に考えていれば何でもないのかも知れない。自分は知らず知らずこだわっているのだ。しかしとにかく恥ずべき事を行《おこな》ったというのではない。少くとも不快な感じで残らなくてもよさそうなものだ、と彼は考えた。

この不快な気持ちはどこに根があり、どうなっていくのでしょうか。背後に国津神《くにつかみ》と天津神《あまつかみ》の神々の抗争があると考えていきますと、仙吉とAが屋台の鮨に向かっていき、そこで出会うきっかけとなったのが、「旨《うま》い鮨」なのです。「旨い鮨」にはいくつかの用例があります。たとえば最初の番頭同士の会話です。（p7・10〜）

「さうですか。で、其処《そこ》は旨《うま》いんですか」

………仙吉は………

「しかし旨いといふと全体どういふ具合に旨いのだらう」

これが番頭と仙吉の側で「旨い」という言葉がでてくる場所です。

そして、Aのほうはと言いますと、「旨い」という言葉は次のように出てきます。（p9・5〜）

Aは何時《いつ》かその立食いをやってみようと考えた。そして屋台の旨いという鮨屋を教わっておいた。

このように、二人の出会いのきっかけは、両方とも「旨い鮨」を食べてみたいという考えが、そのもとになっているのです。では「旨い」という文字はどういう意味を持っているのでしょうか。

旨いの「旨」という文字は、たとえば天皇の意向を伝える書き物に宣旨《せんじ》という言葉があります。

あるいは主旨《しゅし》という言葉は、「考えの内容、意向」という意味を包摂《ほうせつ》しています。つまり仙吉とAが出会ったのは、誰かの「意向」によるものだと考えられるわけです。では、誰の考えでこの二人は出会ったのでしょうか。

「旨い鮨」に導かれるようにして出会った二人ですが、ここで「鮨」の字の要素を見てみますと、魚へんに「旨」という字が入っていることがわかります。鮨といえば、先に述べた通り、鮨に関連づけられる神が仙吉を守っています。このことから、仙吉が鮨を食べられない状況にあることをAに見せて奢らせるために、鮨に関連する神すなわち反伊勢神道の意向、すなわち旨という字に表される「旨《し》」という意向が働いていると考えられるのではないでしょうか。さらにいえば、これが考えや意向が慮《おもんぱか》る「はかりごと」という意味を含んでいると考えれば、それが秤屋の店の奉公人であった仙吉にもたらされるものだということも関連がつくと思います。

さて、貴族院議員Aが、いい事をしたはずなのに、何か嫌な事をしたような気がするということには、いったい何が働いていたのでしょうか。これもまた『古事記』に出てくる、神話の中の出来事を参照しながら考えていくとよくわかるわけです。

それは、先ほどの天津神《あまつかみ》が大国主命《おおくにぬしのみこと》に何回か使者を送って、国を譲れと要求したときに、天若《あめのわか》日子《ひこ》という使者が行ったというエピソードです。天照大御神《あまてらすおおみかみ》から使者としてつかわされた天若日子という神は、弓矢を持って行きます。ところが、大国主命は天若日子を大歓迎して、大国主命の娘のシタテルヒメを、あなたの妻としてここにずっといたらどうでしょうか、と言います。天若日子は、それはいいなと考えたため、その後八年間、何の音沙汰《おとさた》もなく、なしのつぶてでした。

そこで、天の神様のほうは、どうしていつまでも帰ってこないのか、その訳を尋ねるために、天照大御神の意向によって雉《きじ》であるところの鳴女《なきめ》が地上に派遣されることになります。鳴女は、天若日子の家の前の桂の木に止まって鳴き声をあげたところ、そこに天探女《あめのさぐめ》、天邪鬼《あまのじゃく》につながると言われている天探女が、天若日子をそそのかして、「この鳥はひどく悪い者です、すぐに射殺してしまいなさい」と言いました。それで天若日子は、もともと天照からもらった弓矢で雉の鳴女を射殺してしまうのです。そうすると、射られた矢が雉を貫いて、高天原《たかまがはら》に届いてしまいます。雉の血が付いたその矢を見た天の神様は、天若日子が雉を撃った流れ矢がここに飛んできたのであれば、もう一度地上に射返そうということになり、その矢によって天若日子は罰が当たって死んでしまいます。

もし何もなければ、この矢は天若日子に当たることはなかったはずです。天若日子は、そのまま安泰でいようという思いで豊葦原中国に暮らしていたのですが、射返された矢が寝床で寝ていた天若日子の胸のど真ん中にグサリと刺さって、死んでしまうのです。これが、天若日子の裏切りと、返し矢によるその報いというエピソードなのです。

この『古事記』あるいは『日本書紀』に書かれている神話をもとに考えれば、貴族院議員Aの心の奥底に、なぜだかわからないが、裏切ったのではないか、罰が当たるのではないか、という咎《とが》めの心があったと見ることができます。

しかし、ここで注目すべきは、その次の所にある細君の言動なのです。音楽会に出かけたAは、その夜帰って来たとき、奥さんに秤《はかり》のお礼を言われます。（p17・10〜）

「秤どうも恐れ入りました」細君は案《あん》の定《じょう》、その小形なのを喜んでいたが、大変喜んだ事を細君は話した。子供はもう寝ていた。

「それはそうと、先日鮨屋で見た小僧ネ、また会ったよ」

「まあ。何処《どこ》で？」

「はかり屋の小僧だった」

「奇遇ネ」

Aは小僧に鮨を御馳走してやった事、それから、後《あと》、変に淋しい気持ちになった事などを話した。

「何故《なぜ》でしょう。そんな淋しいお気になるの。不思議ネ」善良な細君は心配そうに眉《まゆ》をひそめた。細君はちょっと考える風だった。すると、不意に、「ええ、そのお気持わかるわ」といい出した。

「そういう事ありますわ。何でだか、そんな事あったように思うわ」

「そうかな」

「ええ、本統にそういう事あるわ。Bさんは何て仰有《おっしゃ》って？」

「Bには小僧に会った事は話さなかった」
「そう。でも、小僧はきっと大喜びでしたわ。そんな思い掛けない御馳走になれば誰でも喜びますわ。私でも頂きたいわ。そのお鮨電話で取寄せられませんの？」

夫を励ます賢い言葉ですが、細君は繰り返しAの不安を取り除くように投げかけています。

Aは、自分の子供（跡継ぎ）の成長を数字的に確かめたいと思って体重秤を買うことを思いつき、細君や子供も喜ぶだろうと考えて秤を買って帰ったわけです。つまり、天皇側の貴族院議員である自分の子供の成長を願ってのことであり、それは伊勢神道側の繁栄を願うことに繋がることだと考えることができます。細君は秤を喜んでいることから、同時にAが伊勢の神の繁栄を願っていることに対しても喜んでいると考えることができ、Aの裏切りはこの妻の「執《と》り成し」によって許されているということができると思います。また、このことによって、Aも「恥ずべき事を行つたというのではない」と考え、「邪《よこしま》な心」があった天若日子のように災いの報いを受けるということもなかろう、と考えられるということになります。

この細君との短い会話の中にも、実は神話が背景にあるであろうと考えられるのは、このAの気持ちの中に「本統」という言葉が出てくるからです。「本統の心から批判され」というAの言葉に対し、細君も「本統にそういうことあるわ」と言っています。「本統」というのは、本来の伝わっている出来事ということです。いわば、朝廷や天皇家の側によって整理され、神話としてまとめられている『古事記』『日本書紀』の中に、そのようなエピソードがあったけれど、そのこととあなたがしたことは違う、ということが細君の口によって語られているわけです。考え方によっては、細君は、天照大御神に取り憑《つ》かれた依代《よりしろ》となって天津神の意向を語ることにより、天若日子のような立場に擱《お》かれたのではないかと、心の中に引っかかりをもっている貴族院議員Aに対して、許しを与えていると考えることもできると思います。

細君による執りなしというのは、志賀直哉の他の小説にも出てこないわけではありませんが、ここでは、それぐらいにとどめておきたいと思います。

さて、最後の部分は、どういった結末になるでしょうか。

鮨を奢ってもらった仙吉は、その後、貴族院議員Aのことを大変崇《あが》めるわけです。そしてAの淋しい気持ちは消えてしまいます。しかし、「俺のような気の小さい人間は全く軽々しくそんな事をするものじゃ、ないよ」と言って、その後、神田のその店の前を通ることはできなくなり、鮨屋にも自分から出かけていく気はしなくなります。貴族院議員Aはそれまでの反省のうえに、神田の領域には立ち入らなくなった、ということになったのです。

最後の部分です。（p21・3〜）

仙吉には「あの客」が益々《ますます》忘れられないものになって行った。それが人間か超自然のものか、今は殆ど問題にならなかった、ただ無闇とありがたかった。彼は鮨屋の主人夫婦に再三いわれたにもかかわらず再び其処へ御馳走になりに行く気はしなかった。そう附け上《あが》る事は恐ろしかった。

彼は悲しい時、苦しい時に必ず「あの客」を想った。それは想うだけである慰《なぐさ》めになった。彼は何時《いつ》かまた「あの客」が思わぬ恵みを持って自分の前に現れて来る事を信じていた。

まさに、仙吉という小僧にとっての神様は、この貴族院議員の存在になっていたということを示しています。

しかし、続けてこう書いています。（p21・10〜）

作者は此処《ここ》で筆を擱《お》く事にする。実は小僧が「あの客」の本体を確《たしか》めたい要求から、番頭に番地と名前を教えてもらってそこを尋ねて行く事を書こうと思った。小僧は其処《そこ》へ行ってみた。ところが、その番地には人の住まいがなくて、小さい稲荷の祠《ほこら》があった。小僧は吃驚《びっくり》した。——とこういう風に書こうと思った。しかしそう書く事は小僧に対し少し惨酷《ざんこく》な気がして来た。それ故《ゆえ》作者は前のところで擱筆《かくひつ》する事にした。

書かないことにすると言って、実際は中身を書いてしまっているわけですから、ずるいのです。

書かないよと言ったのだったら、そこで本当にやめればいいのに、突然、作者が介入してきて、書かないはずの結末を書いてしまいます。それも、でもそれは惨酷な結果になるから書かないでおくことにしました、という言い訳をしています。

これは、いったい何を意味しているのでしょうか。なぜ作者は突然介入してきて、なぜ惨酷な結末となるのでそれを回避するとしたのか、ここを考えてみなければならないということになるわけです。

問題はこの小説の結末です。作品の末尾に登場する「作者」というのはいったい何者なのか。「作者」はなぜ本来あるべき結末を、小僧に対して少し惨酷だと思って書かないことにしたのか。そもそも、「作者」というのは志賀直哉という人のことだと言っていいのか、ということですが、ここをきちんと解き明かすためにも、やはり神話と天皇制の問題が鍵となってくるのです。

最初に、「仙吉」という名前は神に嘉《よみ》せられた子どもに与えられたものだと言って始めましたが、「仙吉」という名前自体、実は本名ではないのです。これは、奉公の際につけてもらった丁稚《でっち》名というものです。もともと丁稚入りは普通一〇歳前後で、最初は主人のお供、子守り、拭き掃除などの雑役《ざつえき》に使役されていて、そのころは、「ぼうず」とか「こぞう」とか呼ばれていました。そして、ある年齢まで進んだところで半元服となり、数え年の一四、五になったときに、改めて本名の頭文字を取って、これに「吉」あるいは「松」の字をつけて呼ぶのが習わしとなっていました。ですから、

「仙吉」という丁稚名もこの半元服のころの名ということになります。この話は江戸時代のことではないので、おそらく「仙吉」という名をもらう前の少年は尋常《じんじょう》小学校を卒《お》えたところで丁稚小僧となり、「仙吉」と呼ばれるようになったのでしょう。そして丁稚は、本来の大人になったときには、再び名を改めるということになるわけです。ということなので、「仙吉」という名は大人になった際に返上するものであって、これは「神田」という場所、奉公をしている秤屋の場においてしか通用しない名前なのです。小僧が「仙吉」という名前を返上したとき、それまで神から守られていたはずのものが、それ以外の他所では通用しなくなるということになります。

では、大人になると本名が必須《ひっす》となるわけですが、この時代、その他にどういうときに本名が必要であったでしょうか。それは、生まれて役所に名前を届けるとき、義務教育を受けるため学校に通うとき、軍隊に徴兵されるとき、主にこの三つです。この三つはどれも国家に帰属しているものであり、いかに仙吉といえどもこの三つから逃がれることはできないのです。中でも特に注目したいのは、軍に徴兵されるときです。なぜかというと、それは子どもから一人前の国民となって、当時の言葉でいうと臣民《しんみん》ですが、天皇制の国家体制に組み込まれるということになるわけです。

軍隊こそが、この天皇制を支える大きな柱であり、大日本帝国憲法においては、軍の統帥権《とうすいけん》は天皇大権の一つでした。つまり当時、軍隊は最高司令官である天皇のもとにあるものであって、軍への徴兵は天皇への奉公ということになるわけです。

神田の秤屋での「奉公」とは別格の、天皇への「奉公」として、国家のために命を投げ出さなければいけない、天皇制の背後にある天皇の権威の下に死ななければ価値がない、という考え方が根底にあるわけです。このことは教育勅語の中にははっきりと書かれています。

「朕惟フ《ちんおもう》ニ」というのは、天皇である私はということであり、「我《わ》カ《が》皇祖《こうそ》皇宗《こうそう》」とは、自分たち天皇家の元になっている神様からの血統の由来によって、「爾臣民《なんじしんみん》」、つまり家来であるお前たちに対してこのようなことを告げるぞ、といって布告されたのが教育勅語です。いろいろ書いてありますが、「一旦緩急《いったんかんきゅう》アレハ《ば》義勇《ぎゆう》公ニ奉シ以《もっ》テ天壌無窮《てんじょうむきゅう》ノ皇運《こううん》ヲ扶翼《ふよく》スヘ《べ》シ」、というところに核心があります。「義勇《ぎゆう》公ニ奉シ」、つまり兵力となって奉公しろと、そして、天皇の運命を助けなさいと言っているわけです。

　このことは、仙吉が神田の土地を離れ、軍隊に入ることで、天皇の背後にある伊勢神道の神様の権威に従わなければいけないということになります。つまり、反伊勢神道の神々の庇護《ひご》のもとで生かされるのではなくて、伊勢神道のために死ななければならないということになるわけです。

　ここでもし、仙吉が貴族院議員Aの正体を確かめに、Aが書いた番地を訪ねて稲荷の祠《ほこら》にたどり着いたとしますと、仙吉が神様だと思っていた貴族院議員Aは稲荷ということになってしまいます。仙吉にとっての絶対神は稲荷です。伊勢神道側の正統的言説からいえば、「狐に化かされた」ということになってしまって、伊勢の神様＝天皇のために死ぬというご奉公ができなくなるわけですが、当時、国家のために死ねない人は社会の中で非常に生きにくい世の中でした。その事実を仙吉に突きつけるということは、大変惨酷《ざんこく》でもある、だからこそ「作者」は筆を擱《お》いたと書いているのだ、と読み解くことができるだろうと思います。

神話における神々の抗争を下敷きとして物語を展開してきて、それまでは表に出なかった作者ですが、ここで、その内在する論理によって当時の国家体制批判ギリギリのところまでたどり着いてしまったわけです。これ以上進めばそれがあらわになってしまいますから、その瀬戸際で踏みとどまるためには、物語に内在する論理をそれ以上展開せずに、ここで止めにするために直接介入して、その危険を回避することが必要だったのではないでしょうか。つまり、志賀直哉は、このように、それとはわからない形で、物語に内在する原理、神話を下敷きにした物語を作り上げ、それに内在する論理で展開してきた末に、それが国家体制批判に結びついてしまうということに気づいて、そのギリギリのところで踏みとどまっている、と考えることができるわけです。

では、「小僧の神様」とは、本来誰だったのでしょうか。

これまで、この作品の背後に隠れているとみられる日本神話のさまざまな神様たち、それは伊勢派であったり、反伊勢派であったりするわけですが、その神様たちについて述べてきましたが、ではこの作品のタイトル「小僧の神様」の「神様」とは誰なのでしょうか。小説の最後の最後でそれまで出てこなかった「作者」自身が登場し、これは実は作り物だよと言います。それは「神々の抗争」を背景にする「小僧の神様」という作品世界が、実はさらにその論理を超越する上位にいる「作者」という存在によって、自由にコントロールできるのだよ、ということを示していることになります。

神々の抗争に巻き込まれ翻弄《ほんろう》される小僧・仙吉ですが、その仙吉を惨酷な結末から救い出した作者こそ、全ての神々の意思と行為の上位に立つ「神々の神」であることを、この小説の語りの構造は示していることになります。つまり、神々の神、すべての神の上位に立つ作者こそが、この小説では最高の存在である、と書いているのだと読み取ることができます。

では、志賀直哉は自分をそれほど偉い存在だと思っていたのでしょうか。ここで勘違《かんちが》いしてはいけないのは、この「作者」という存在も、この小説の仕組みの中に内在する登場人物の一人であるということです。つまり、実際にこの小説を書いた作家である志賀直哉という人物そのものではないのだ、ということなのです。志賀直哉というのは、あくまでそのような物語に内在する構造を持つ「小僧の神様」という、いわば「神様の小説」を書き記す、その媒《なかだ》ちとなった存在だとも言えます。もちろん、志賀直哉には主体というものがありますが、このような構造をもった作品を作り出したということは、彼の日本語の蓄積の中に、さまざまなエピソードや物語の原型があり、それを媒介することによって可能になったのだ、ということになります。いわば、言葉の媒介者となったのが、「作家・志賀直哉」という存在だということになると思います。

しかし、でき上がった小説が、「神々の神」の立場に位する「作者」という存在を内在させていた以上、そして、その存在が神話以来の言語的な蓄積によって浮かび上がってきている以上、彼がやがて「小説の神様」と呼ばれることになるのは、一つの必然だと考えられるのではないか、というのが、今日のお話の結論となります。

志賀直哉という作家が、果たしてこのことを全部知った上で書いたのかどうか、それを証明するものは何もありません。今日にいたるまで、なぜこのような作品が書かれたのかについて、いろいろな人が考えてもはっきり答えが出せてはいないのですが、一つの回答として、神話構造が志賀の小説にはあるのだ、あるかもしれない、ということを考えておいていただければと思います。

第Ⅱ章　『城の崎にて』──神話から湧き上がる、原初の世界の死生観

本章では、志賀直哉の小説の中でもよく読まれていて、多くの人がご存じの『城《き》の崎《さき》にて』という小説をじっくり読んでみたいと思います。

この講座では、──「小説の神様」が仕組んだ「神話」と「歴史」のトリック──ということで四編の短編小説を取り上げますが、『城の崎にて』は神話のほうに近づいた話だと思います。そうした読み方をする人はあまりいませんが、そこを意識するとどのように読めるのかを、皆さんと一緒に味わってみたいと思います。

まず、『城の崎にて』という小説の成り立ちについて振り返ってみたいと思います。

この『城の崎にて』を執筆したころの志賀直哉がどういう状態にあったのか、ということですが、志賀直哉の生涯のなかではブランク明けという時期になるかと思います。『白樺《しらかば》』が創刊されたのが一九一〇（明治四三）年の四月で、そこにいくつかの小説を発表しますが、それから三年後になる一九一三（明治四六）年の八月に、小説の中にも書かれているように、山手線《やまのてせん》の電車にはねられ

て重傷を負います。そして、入院をし、退院をしたあと城崎《きのさき》温泉に三週間滞在します。この三週間の滞在のあいだに経験したこと、そこでのスケッチのようなものを題材にして、この『城の崎にて』という小説は書かれました。

事故の翌年、松江に移って小説を書き始めますが、すぐに断念します。夏目漱石から、漱石が文芸欄を持っていた東京・大阪の朝日新聞に連載をしてくれと言われましたが、それを辞退して、それ以後しばらく休筆します。その後、一九一五（大正四）年に群馬県の赤城山《あかぎやま》に移り、しばらくそこで過ごすことになります。第Ⅲ章でお話しする『焚火《たきび》』という小説は、そこを舞台として書かれました。その同じ一九一五年に千葉県の安孫子《あびこ》に移り、一九一七年の『白樺』五月号に、この『城の崎にて』を発表するのです。同じころ、『大津順吉』、『和解』と執筆が続いていきます。

そして前章で扱いました『小僧の神様』、後で取り上げる『焚火』は、この後の一九二〇（大正九）年に発表され、さらにその翌年、志賀直哉の本格的な長編小説『暗夜行路』という作品の前編を発表します。これは、志賀直哉の唯一の長編小説ですが、普通の長編小説とはやや趣《おもむき》を異にした、興味深い作品になっています。『城の崎にて』は、そうした経過の中で書かれた作品ということになるわけです。

それでは、この小説の中身に具体的に入って行くことにしたいと思います。読めばわかるような簡単な話なのですが、あらすじを振り返ってみたいと思います。

山手線の電車に跳《は》ね飛ばされて怪我《けが》をした主人公の「自分」は、一人で但馬《たじま》の城崎温泉へ養生《ようじょう》に出かけていきます。医者は、背中の傷が脊椎《せきつい》カリエスになれば致命傷になりかねないが、二、三年で出なければあとは心配いらない、と言いました。頭の中ははっきりとせず、物忘れも激しくなりましたが、気分は落ち着いていました。そこでは、ものを読むか書くか、山や往来を見ているか、それでなければ散歩をしながら山女《やまめ》や川蟹《かわがに》を見て過ごしていました。そうすると、沈んだ淋《さみ》しい考えがうかんできます。自分はよく怪我のことを考え、一つ間違えれば今ごろ死んでいただろうと思い、何かしら死に対する親しみを覚えて過ごすわけです。

二階にある自分の部屋の脇には玄関の屋根があって、そこに蜂《はち》の巣がありました。自分はよく蜂の出入りを眺《なが》めていましたが、ある朝一匹の蜂が屋根の上で死んでいるのを見つけます。せわしなく働くほかの蜂はいかにも生きているものという感じを与えるのですが、それに対して、まったく動かなくなった死骸《しがい》を見ると、淋しい思いがしました。その死骸は、ひどい雨が降った日の夜の間にどこかに流されてしまいます。

さて、蜂の死骸の静かさに親しみを感じた自分は、少し前に書いた『范《はん》の犯罪』という短編小説を思い出しました。これは皆さんのテキストとして使っていただいている『小僧の神様　他十篇』（岩波文庫）の中にも収録されている作品です。

「范《はん》」という中国の曲芸芸人が、ナイフ投げの芸を行うのですが、奥さんが的になっています。ナイフを投げて、的に当たらないようにぎりぎりのところに射すという芸なのですが、心が乱れて、その妻を刺し殺してしまうという結果になります。それが罪になるのかならないのか、この夫婦の間にどういうことがあったのか、ということを、当時の予審判事が聞き出していく、といった中身の小説になっています。これは、范の心持ちと、そしてそれを裁く立場にある予審判事という裁判官の心持ちを中心に書いているものなのですが、今度は殺された妻の静かさを書きたいと思いました。しかしそれは、とうとう書かずじまいで終わった、と記されています。

ある日の午前、円山川《まるやまがわ》から東山《ひがしやま》公園に行くつもりで散歩に出ると、橋や岸に人が集まって騒いでいます。大きな鼠《ねずみ》が首に魚串《さかなぐし》が刺さった状態で懸命に泳いでいるのです。子どもや車夫が石を投げる様子を見て、見物人は大声で笑います。助かることのない鼠の最期を見る気がしなかった自分は、淋しい、いやな気分になります。

それからしばらくしたある夕方、町から小川に沿って、一人でだんだんと上のほうへ歩いていきます。そしてある所で、桑《くわ》の木葉《このは》が一枚だけヒラヒラヒラヒラと動いているのを見かけ、そこに近寄って見ます。さらにそこを過ぎて川をさかのぼり、坂を登って行くと、川の石の上に、イモリを見つけます。自分はそのイモリを驚ろかそうと、石を投げます。別に狙っていたわけではありませんでしたが、その石はちょうどイモリに的中し、イモリはそのまま死んでしまいます。自分は驚き、こんなことを考えます。自分は偶然に死ななかったが、イモリは偶然に死んだ。蜂も鼠も死んだが、自分は今こうして歩いている。感謝しなければすまぬような気がするのに、実際よろこびはわきあがってはこなかった。生きていることと、死んでしまっていることは、それほどに差がないような気がした、というのです。

こんなふうに考えながら、そこから自分は帰ってきます。そしてこの小説の末尾、最後のところに、妙なことが書かれています。「三週間いて、自分は此処《ここ》を去った。それから、三年以上になる。自分は脊椎カリエスになるだけは助かった」、とむすばれているのです。最後のこの一文もまた奇妙な感じなのですが、その意味するところは後々探っていくことにしたいと思います。

それでは、物語の冒頭からもう一度振り返りながら見ていこうと思います。出だしのところを読んでみます。（p108・1〜）

山手線の電車に跳飛《はねと》ばされて怪我《けが》をした、その後養生《あとようじょう》に、一人で但馬《たじま》の城崎《きのさき》温泉へ出掛けた。背中の傷が脊椎《せきつい》カリエスになれば致命傷《ちめいしょう》になりかねないが、そんな事はあるまいと医者にいわれた。二、三年で出なければ後は心配はいらない。とにかく要心は肝心《かんじん》だからといわれて、それで来た。三週間以上――我慢《がまん》出来たら五週間位いたいものだと考えて来た。

頭はまだ何だか明瞭《はっきり》しない。物忘れが烈《はげ》しくなった。しかし気分は近年になく静まって、落ちついたいい気持ちがしていた。稲《いね》の穫入《とりい》れの始まる頃で、気候もよかったのだ。

やや抜粋をしながら読んでいきます。（p108・13〜）

冷々《ひえびえ》とした夕方、淋《さび》しい秋の山峡《さんきょう》を小さい清い流れについて行く時考える事はやはり沈んだ事が多かった。淋しい考《かんがえ》だった。しかしそれには静かないい気持がある。

事故が起きてからの後養生であることからも、この状態は精神的にも何らかの変化があったのではないか、と考えられます。もう少し先のほうを読んでみましょう。（p109・8〜）

自分は死ぬはずだったのを助かった。何かが自分を殺さなかった、自分には仕《し》なければならぬ仕事があるのだ、——中学で習ったロード・クライヴという本に、クライヴがそう思う事によって激励《げきれい》される事が書いてあった。実は自分もそういう風に危《あや》うかった出来事を感じたかった。そんな気もした。しかし妙《みょう》に自分の心は静まってしまった。自分の心には、何かしら死に対する親しみが起っていた。

こうした状態はどのような原因によって引き起こされたのでしょうか。それは、山手線の電車事故にあってもたらされた、ストレス性の精神的外傷といわれるものである可能性がみて取れます。急性ストレス障害は現代でもよく見かける病気ですが、命を直接脅かされるような災害や事故、あるいは事件に遭遇《そうぐう》したことによって、その後ぼんやりして何事も頭に入らない状態です。これは乖《かい》離《り》症状などと言われますが、そうしたストレスに反応した精神状態にあるということです。

乖離というのは、意識や人格の統一性を失った状態で、ボーっとしているようなことが一番よく見かける状態です。さらに、恐怖や怒りに対する感情がうすくなり、ときには感じなくなったり、現実感から遊離してしまいます。離人症と言って、自分の身体が自分でないような感じがするという症状も起こってきます。あるいはドッペルゲンガーといいまして、自分自身の身体から魂《たましい》が遊離して、その情景を自分も含めて上から見ているような感じになることもあります。

このときの「自分」の精神状態は、普段の意識とはやや異なる状態にあるということになります。これを総称して、意識の変性状態、あるいは変性意識状態といったりすることもあります。

これらは、大怪我をしたり、怖いことにあわなくても、私たちは日常的に体験することがあります。例えば、非常に眠気がさして、居眠りをしているような、居眠りになりかかっているような、寝入りばなのような、あるいは熱に浮かされたような状態です。また、外からの刺激によってこうした意識の変性状態になることは、例えば催眠《さいみん》という術を施《ほどこ》された場合にも起こります。味覚に変化が起こる、記憶状態に変化が起こる、自分が自分でないような感じになる、こうした状況になることもあります。こういった意識の変性状態、変性意識状態という状態になっているということは、普段の自分とはちょっと違った状態になっているということであり、そこをまず考えておく必要があろうと思います。

いま引用した冒頭のところですが、「その後養生《あとようじょう》に、一人で但馬《たじま》の城崎《きのさき》温泉へ出掛けた。」とそっけなく書いてありますが、なぜわざわざ但馬の城崎温泉に出かけたのかは直接には書かれていません。温泉の療養ですから、どこに行ってもいいわけですが、城崎は兵庫県の但馬にあり、東京からは遠いわけです。わざわざ遠い温泉に行くのにはどのような理由が考えられるでしょうか。

城崎温泉は非常に古くに開湯されています。コウノトリが傷を癒《いや》していたところから発見されたと言われており、それが千四百年ほど前の出来事だと伝承されています。この温泉は傷の治療にとても効果があると、江戸時代の中期、温泉医学の創始者である後藤艮山《ごとうごんざん》の弟子、香川修徳《かがわしゅうとく》がその著書『薬選』の中で述べています。新湯《あらゆ》といわれたこの但馬城崎新湯は、香川修徳が「最上至極天下第一湯とする」と推奨《すいしょう》したことから「一の湯」と名付けられました。現在も「一の湯」という浴場があり、「海内第一泉」という石碑が建てられており、たいそう薬効があるということになっています。

ということは、出かけた当時の自分は、日本で一番よく効く温泉に行って傷の療養をしようと、治す気満々で行ったということになります。湯治《とうじ》のワンサイクルとして三週間はとにかくいて、がまんできたら五週間くらいいたいものだと、万全を期そうと思っていたのです。そして、自分は死ぬはずだったのを助かった、何かが自分を殺さなかった、そう感じたかったし、そんな気もしたというわけです。

ところが、引用した最後のところですが、実際にこの城崎温泉に来てみると、妙に静まった心になり、死に対する親しみが起こった、というふうに書かれています。これは、怪我から生き返るために、元気を取り戻す気持ち満々でやって来たのに、むしろ死のほうに近づくような気持になってしまったということであり、決して思い通り順調にいっているとは言えない、ということだろうと思います。

城崎温泉での滞在は、はじめは傷の養生のために三週間、できれば五週間は逗留《とうりゅう》したいという気持ちでしたが、結果として最短の三週間で帰ってしまいます。これは、生きたいという気持ちを鼓舞《こぶ》するうえでは、それほど効果を感じられなかったからであり、むしろ、長く滞在することによって、当初のもくろみとは異なる心境になってしまったからです。傷の治療のためには最低限の滞在である三週間が必要でしたが、それより長く止まることは、むしろ精神的に良くないと判断をしたのではないか、と考えられるわけです。

さて、宿に落ち着いた自分ですが、ここからいくつか動物の死に出会っていくことになります。これは先ほどのあらすじでもふれたところですが、はじめに書かれているのが、二階で見た蜂《はち》の様子です。（p109・13〜）

自分の部屋は二階で、隣《となり》のない、割に静かな座敷《ざしき》だった。読み書きに疲れるとよく縁《えん》の椅子に出た。脇《わき》が玄関《げんかん》の屋根で、それが家へ接続する所が羽目《はめ》になっている。その羽目の中に蜂《はち》の巣《す》があるらしい。虎斑《とらふ》の大きな肥《ふと》った蜂が天気さえよければ、朝から暮近くまで毎日忙《いそが》しそうに働いていた。

忙しく立ち働いている蜂はいかにも生きているという感じを与えました。そういう忙しく働いて生きている蜂の姿ですが、それが次の場面で一変します。（p110・6〜）

ある朝の事、自分は一疋《ぴき》の蜂が玄関の屋根で死んでいるのを見つけた。足を腹の下にぴったりとつけ、触角はだらしなく顔へたれ下がっていた。他《ほか》の蜂は一向《いっこう》に冷淡だった。巣の出入りに忙しくその傍《わき》を這《は》いまわるが全く拘泥《こうでい》する様子はなかった。

他の蜂は忙しく働いていますが、そのわきに一匹、朝も昼も夕も、見る度に一つの場所にまったく動かずにうつむきになって転がっている蜂を見ると、いかにも死んだものという感じを与えたのです。こうして、蜂の死骸を見ることによって、仮に事故によって死んでいたらそうなったであろう、自分の死骸の姿が重ねられていきます。（p110・11〜）

それは三日ほどそのままになっていた。それは見ていて、如何《いか》にも静かな感じを与えた。淋しかった。他の蜂が皆《みんな》巣へ入ってしまった日暮、冷たい瓦《かわら》の上に一つ残った死骸を見る事は淋しかった。しかし、それは如何にも静かだった。

この蜂がどうなるかと言いますと、夜の間にひどい雨が降って、その蜂の死骸は流されてどこにもなくなってしまうのです。死んだ蜂は雨樋《あまどい》を伝って、地面に流し出されてしまったのでしょう。そして、それは蟻《あり》にひかれていくか流されていくか、それまではじっとしているだろう、というのです。そのような蜂の静かさに、自分は親しみを感じたのです。

そこで、自分は『范の犯罪』という短編小説を書いたことがあるが、そこでは妻を殺してしまった主人公の「范《はん》」の気持ちを中心に書いたのだが、今度は、殺されて墓の下にいる范の妻の気持ちを重んじて、その静かさを書きたいと思った、と書かれています。（p 111・12〜）

「殺されたる范の妻」を書こうと思った。それはとうとう書かなかったが、自分にはそんな要求が起っていた。その前からかかっている長篇の主人公の考とは、それは大変異《ちが》ってしまった気持だったので弱った。

長編小説を書こうというのは、創作意欲、エネルギーが満ちている状態です。そのように気力の充実した状態であったものが、今では気持ちがすっかり静かになり、死んだものの気持ちを書きたい、と思うようになってしまいます。つまりここは、死に対する親しみが湧《わ》き、死んだ状態に近い気持ちになっていることを示している、と言えるだろうと思います。

その次は鼠《ねずみ》が現れます。その場面を見てみましょう。（p111・15〜）

蜂の死骸が流され、自分の眼界《がんかい》から消えて間もない時だった。ある午前、自分は円山川《まるやまがわ》、それからそれの流れ出る日本海などの見える東山《ひがしやま》公園へ行くつもりで宿を出た。「一の湯」の前から小川は往来の真中《まんなか》をゆるやかに流れ、円山川へ入る。

志賀直哉が滞在していた三木屋旅館という宿は東のほうにあります。ここからその先の東山公園に行くつもりで、円山川を下っていきます。そこからは日本海が見えます。温泉街の「一の湯」の前から小川は往来の真中をゆるやかに流れて、やがて円山川に入って行きます。これが『城の崎にて』という小説が展開される舞台の構図です。

あるところまで行くと、橋だの岸だのに人がたかって、何か川の中のものを見ながら騒いでいました。この橋のところに鼠がいたのです。この鼠はだいぶ可哀《かわい》そうな状態になっています。鼠捕りにかかったのでしょう、首のところに魚串が刺さっていて、それが邪魔《じゃま》をして石垣に這《は》い上がることができません。それを周りの人間たちが面白がって、鼠を狙って石をぶつけようとしますが、なかなか当たりません。この鼠は石垣に這い上がって、どうにかして助かろうとしながらもがいているわけです。

こうして、鼠の悲惨な運命が事細かに書かれていますが、こうした描写をじっくりお読みいただくと、最後に出てくる、狙わなかった石が当たってしまうイモリの場面と呼応して、印象的な書き方になっています。それを見て、自分はいやな気持ちになりますが、そこを少し引用しましょう。（p112・15～）

自分は鼠の最期《さいご》を見る気がしなかった。鼠が殺されまいと、死ぬに極《きま》った運命を担《にな》いながら、全力を尽して逃《に》げ廻《まわ》っている様子が妙に頭についた。自分は淋しい嫌《いや》な気持ちになった。あれが本統《ほんとう》なのだと思った。自分が希《ねが》っている静けさの前に、ああいう苦しみのある事は恐《おそ》ろしい事だ。死後の静寂《せいじゃく》に親しみを持つにしろ、死に到達《とうたつ》するまでのああいう動騒《どうそう》は恐ろしいと思った。自殺を知らない動物はいよいよ死に切るまではあの努力を続けなければならない。

この後、いま自分にこのようなことが起こったらどうするか、ということを考えていくのですが、鼠が殺されまいと、死ぬに決まった運命を担いながら、全力を尽くして逃げ廻っている様子をみて、事故後の自分の怪我の場合、何とか助かろうと出来るだけのことをしていた姿と重なってくる。それを思い出して書いていくわけです。（p113・6～）

今自分にあの鼠のような事が起こったら自分はどうするだろう。自分はやはり鼠と同じような努力をしはしまいか。自分は自分の怪我の場合、それに近い自分になった事を思わないではいられなかった。自分は出来るだけの事をしようとした。

この「出来るだけの事をしようとした」ところに、鼠の場合とそう変わらない自分のことを考えたのです。いまの自分に本当にそれが来たらどのような行動をするのだろうか、ということです。自分はそのあと、事故で重症になったとき、友人に「フェータルな傷かどうか」を聞いたと言っています。「フェータル」とは致命的《ちめいてき》なということですから、命にかかわることなのかどうかを訊《き》いたのです。すると、命にかかわるものではないそうだと言われます。そうすると、「自分はしかし急に元気づいた。亢奮《こうふん》から自分は非常に快活になった。フェータルなものだともし聞いたら自分はどうだっただろう」と続きます。

この後がなかなか面白いのです。ここのところを紹介しますが、表現上のあからさまな混乱がみられます。(p114・1〜)

フェータルなものだともし聞いたら自分はどうだったろう。その自分はちょっと想像出来ない。自分は弱ったろう。しかし普段《ふだん》考えているほど、死の恐怖に自分は襲われなかったろうという気がする。そしてそういわれてもなお、自分は助かろうと思い、何かしら努力をしたろうという気がする。それは鼠の場合と、そう変らないものだったに相違《そうい》ない。で、またそれが今来たらどうかと思ってみて、なおかつ、余り変らない自分であろうと思うと「あるがまま」で、気分で希《ねが》う所が、そう実際に直《す》ぐは影響《えいきょう》はしないものに相違ない、しかも両方が本統で、影響した場合は、それでよく、しない場合でも、それでいいのだと思った。それは仕方のない事だ。

どうでしょうか。この「で、またそれが今来たらどうかと思ってみて……」以降の文は、何か妙なのです。主語と述語の関係を含めて、前後の文のつながりが明確ではありません。それは何を意味しているかというと、決定的に自分の気持ちが整理できていないことを示しています。ある時には死ぬということが自分にとても身近で、恐ろしいものではないように感じられる。しかし、実際に死が来ることを考えると、非常に動揺して混乱をする。そういう混乱の様子がここに表れているということなのだろうと思います。

ほかの部分が、きわめて平易でわかりやすい言葉で、混乱の少ない端的《たんてき》な表現で書かれている中で、この部分だけが、あからさまな混乱を隠さずに書かれているのです。上手に書かれているので見過ごしてしまいがちですが、この人は混乱している、何を言っているのだということが、よくよく読むとわかるような形になっています。そうしますと、蜂の場面、鼠の場面を通じて、死というものに対する相矛盾した感覚が、自分の中でせめぎあっていることが見て取れるのではないかと思います。

さてこのあと、自分は夕方、散歩に出ますが、先ほどの東山公園とは反対の方向になります。海側とは逆方向の山側に向かって、小さな流れを伝って散歩道が作られています。滞在していた三木屋旅館を出て、その散歩のコースを歩き、電車の線路を越えて、さらにずんずん登っていきます。実際に歩いてみるとここまで三〇分くらいかかりますから、けっこう遠いです。その先に、「志賀直哉の『城の崎にて』ゆかりの桑の木」というのが、いま名所として残っています。その辺まで、本文にしたがって、道筋をたどっていこうと思います。（p114・10〜）

そんな事があって、また暫《しばら》くして、ある夕方、町から小川に沿うて一人段々上へ歩いていった。山陰線《さんいんせん》の隧道《トンネル》の前で線路を越《こ》すと道幅《みちはば》が狭《せま》くなって路も急になる、流れも同様に急になって、人家も全く見えなくなった。もう帰ろうと思いながら、あの見える所までという風に角《かど》を一つ一つ先へ先へと歩いて行った。物が総《すべ》て青白く、空気の肌《はだ》ざわりも冷々《ひえびえ》として、物静かさがかえって何となく自分をそわそわとさせた。大きな桑《くわ》の木が路傍《みちばた》にある。彼方《むこう》の、路へ差し出した桑の枝《えだ》で、ある一つの葉だけがヒラヒラヒラヒラ、同じリズムで動いている。風もなく流れの他《ほか》はすべて静寂の中にその葉だけがいつまでもヒラヒラヒラヒラと忙《せわ》しく動くのが見えた。

不思議な風景が続いていきます。人里を離れて流れに沿って上へ上へと登っていき、やがて山陰線の線路をまたぐと人っ子一人いなくなり、青白い風景の中に桑の枝に葉っぱがヒラヒラヒラヒラとしているところだけが見えます。いま行っても山の中に入って行く感じだろうと思いますが、こういうところなのです。

ここに引用した場面ですが、ある現代作家の小説の中に、これと非常によく似た表現を見出すことができます。

しばらく考えてから、川を離れた道に沿って進むことを選んだ。その道が私をどこかに導いて行ってくれるような気がしたからだ。川から遠ざかるにつれて、しだいに上り坂になっていった。水音はいつの間にか聞こえなくなっていた。ほとんど直線に近いなだらかな坂道を、私は一定の歩調をとって歩いていった。霞《かす》みはもう消えていたが、光はあくまでぼんやりと淡く単調だった。先を見通すことができなかった。そんな光の中を、私は規則正しく呼吸をし、足元に注意しながら歩を進めた。

先の引用箇所とよく似ていますが、誰の文章だと思いますか。これを書いた人は、現代世界的に広い読者層を持つ小説家の村上春樹です。数年前に発表した『騎士団長殺し』という話題作の中で、主人公が、「another world（別世界）」に行って、そこでさまざまな冒険をするという場面の中に、こういうシーンが出てくるのです。

先ほど、この主人公である自分の気持ちは、意識の変性状態になっていると申し上げましたが、幻想の中、幻覚の中、夢の中といった状態は、まさにそうした変性意識の状態になっているわけです。現実世界にいても、意識の変性状態になることによって、自分の身の回りの風景、自分自身の境遇といったものが、普段と違った形で見えてくることがある、ということです。そうした時に何が露呈《ろてい》してくるかといいますと、普段の日常の意識の中では覆《おお》い隠されている奥深い所にある人間の記憶の蓄積です。それは個人的なものであったり、文化を通じて形成されたものであったり、もっと普遍的な人間の心の奥底に住んでいるイメージであったりする、と言われたりもします。

村上春樹という人は、一時期ユング派の心理学に強く心ひかれていた時期がありまして、ユング派心理学の日本における牽引者《けんいん》であった河合隼雄《かわいはやお》と親しく、彼からユング派心理学の内容について教えを受けたり、自分自身でも研究をしていた人です。『騎士団長殺し』という小説も、そうした影響の下でのさまざまな小道具や技法を使って書かれていると思われますが、この『騎士団長殺し』の一節が、志賀の『城の崎にて』の一節とよく似た描き方をしているということは、ぜひ注目をしておきたいと思います。志賀直哉がユング派の心理学について知っていたとは思われませんが、彼の感覚や言葉の蓄積から生み出されてくる表現が、村上春樹が選んで書いているような書き方と近いものになっていたということになります。

さて、この先登場してくるイモリの場面に移ります。自分は、だんだん薄暗くなってくる中で、もう少しもう少しと思いながら、先へ進みます。

なぜでイモリなのかということですが、皆さんはトカゲとヤモリとイモリの区別がつきますでしょうか。トカゲとヤモリは爬虫類《はちゅうるい》で、イモリは両生類だと言われますが、時として、イモリとヤモリは混同される場合が古来からあったようです。しかし、イモリのほうは水場にいる両生類で、ヤモリのほうはその名の通り家にいて、よくガラスなどに吸盤《きゅうばん》でピタリと張り付いていたりします。この、ヤモリ、イモリ、トカゲのことを、自分は、この小説の中で言及しています。（p115・10〜）

自分は先《せん》ほどは蠑螈《いもり》は嫌《きら》いでなくなった。蜥蜴《とかげ》は多少好きだ。屋守《やもり》は虫の中でも最も嫌いだ。蠑螈は好きでも嫌いでもない。十年ほど前によく蘆《あし》の湖《こ》で蠑螈が宿屋の流しの出る所に集っているのを見て、自分が蠑螈だったら堪《たま》らないという気をよく起した。蠑螈にもし生まれ変ったら自分はどうするだろう、そんな事を考えた。その頃蠑螈を見るとそれが想い浮かぶので蠑螈を見る事を嫌った。しかしもうそんな事を考えなくなっていた。

十年ほど前というのは青年の時代ですが、もし自分がイモリだったらどうだろうということまで考えたと書いています。つまり、イモリというのは、ああなったらいやだな、ああはなりたくないな、自分がもしそうなったらどうだろうと考えていることは、ある意味で、関心の高い動物だったということになります。これまで、蜂の場面でも、鼠の場面でも、もし自分がそうなったらどんな気持ちになるのだろうか、と考えることに言及されていましたが、ここでも、自分がもしイモリになったらどうだったろうということをあらかじめ考えたことがあった、ということを記しているわけです。

そして、イモリを見つけて、何気なく石を取って投げてやります。別に狙って投げたわけではありません。鼠が出てくる場面では、周りの人たちが鼠を狙《ねら》って石を投げ、当たりはしませんが、鼠は串が刺さっているので川に流されてしまう、とお話ししましたが、ここでは石を狙って投げたのではありませんでした。「狙ってもとても当たらないほど、狙って投げる事の下手《へた》な自分はそれが当たる事などは全く考えなかった。」とし、そのあとこう続きます。（p116・4〜）

石はコツといってから流れに落ちた。石の音と同時に蠑螈は四寸ほど横へ跳《と》んだようにみえた。蠑螈は尻尾《しっぽ》を反《そ》らし、高く上げた。自分はどうしたのかしら、と思って見ていた。最初石が当ったとは思わなかった。蠑螈の反らした尾が自然に静かに下りてきた。すると肘《ひじ》を張ったようにして傾斜に耐《た》えて、前へついていた両の前足の指が内へまくれ込むと、蠑螈は力なく前へのめってしまった。尾は全く石についた。もう動かない。蠑螈は死んでしまった。

自分は全く殺すつもりはなかったので、妙にいやな気がし、イモリにとってはまったく不意な死だったのだという気持ちになります。そして、自分はしばらくそこにしゃがんでいました。イモリと自分だけになったような心持ちがして、イモリの身に自分がなってその心持ちを感じたのです。

先ほど紹介したように、箱根でうじゃうじゃと群れているイモリの群れを見て、自分はそんな状態になったらいやだな、イモリだったら何を考えるかな、といやな気持ちがしたとありました。ここでも、死んでしまったイモリの死骸とあい対峙《たいじ》して、イモリの身になってその心持ちを感じたと書かれていますが、その思いはもっと切実なわけです。

そして、決定的な言葉が続きます。（p116・14〜）


可哀想《かわいそう》に想うと同時に、生き物の寂しさを一緒に感じた。自分は偶然に死ななかった。蠑螈は偶然に死んだ。


こういう考えをしみじみと持つわけです。生き物は偶然によって、生きるか死ぬかが左右されるはかない存在である、ということを、身に染みて感じることになりました。

こうなってきますと、いくつかの生死の場面を通じて、決定的な死ぬ瞬間や、死の原因のイメージにたどりついてしまって、最初にここにやって来た時の生きる気満々という気持ちが、ともすれば危うくなってくる、ということになります。生きていることと死んでしまっていることとは両極ではなく、それほど差はないような気がした。死ななかった自分はいまこうして歩いている。この相反する状態が彼の中でせめぎあっている、という状態であると言えると思うのです。

この場面はどこで見たのかというと、流れに沿った遊歩道を遡《さかのぼ》って行き、電車の線路という人間の文明が到達している限界を越えて、さらに山の中に進んでいくと、そこに桑の木がありました。その桑の木に超自然的な現象が働いていて、こっちへ来い、こっちへ来いというように、ヒラヒラと動いているのです。そこから、さらに先に行くわけです。

ここで自分が感得したもの、見定めたものは何だったのでしょうか。この小説のタイトル「城の崎にて」には「の」の字が入っていますが、城崎温泉という時はこの「の」はいらないのです。わざわざ「の」という字が入っているのは、これを意識しなさいということです。音を意識しなさい、そうすると「き・の・さ・き」となります。「城の崎」にもし「の」がなければ、城崎というのは一つの地名として、この漢字の意味だけになってしまいます。しかしここに「の」という字の表音が入ることによって、この音を意識させ、「き・の・さ・き」となるのです。この小説の中で、「桑の木」の先まで行ってそこで感じたもの、つまり、「城の崎にて」は、「木の先にて」見たものだ、という音韻《おんいん》上の仕組みが働いている、ということになります。

さて、生きているところから連続したところにある、死と生とは差がないものだという思いと、しかし自分は生きた状態にあるという事実を、どう折り合いをつけるのかということがとても大事になります。自分はこうした変性意識の中で、この山の坂道を下りてくることになります。この部分を紹介してみましょう。（p116・14〜）

自分は淋しい気持ちになって、漸《ようや》く足元の見える路を温泉宿の方に帰って来た。遠く町端《まちはず》れの灯《ひ》が見え出した。死んだ蜂はどうなったか。その後《ご》の雨でもう土の下に入ってしまったろう。あの鼠はどうしたろう。海へ流されて、今頃はその水ぶくれのした体を塵芥《ごみ》と一緒に海岸へでも打ちあげられている事だろう。そして死ななかった自分は今こうして歩いている。そう思った。自分はそれに対し、感謝しなければ済まぬような気もした。しかし実際喜びの感じは湧《わ》き上《あが》っては来なかった。生きている事と死んでしまっている事と、それは両極ではなかった。それほどに差はないような気がした。もうかなり暗かった。視覚は遠い灯《ひ》を感ずるだけだった。足の踏《ふ》む感覚も視覚を離れて、如何にも不確《ふたしか》だった。ただ頭だけが勝手に働く。それが一層そういう気分に自分を誘《さそ》って行った。

こうして読んでいきますと、精神状態がかなり危ない状態になっていることがわかります。正常な判断力がうすくなっていって、ともかくも町の灯の見える所まで戻って行こうとします。その思いにひたすら牽《ひ》かれるようにして、町に戻っていくのです。

この部分では、いくつかの動物が出てきて、その桑の木の向こうまで行くと、イモリに出会います。これは、『古事記』の中に、ここに出てくるような動物が出てくる神話とつながります。

大国主命《おおくにぬしのみこと》の一名とされるオオナムチは、高天原の天照大御神《あまてらすおおみかみ》から根の国に遣わされますが、スサノヲによって「ヘビの室、ムカデとハチの室」に入れられるという試練を受けますが、スセリビメの助けによって難を逃れます。次にスサノヲは草原に向かって矢を射て、それを拾って来いと命じます。オオナムチが草原に入るとスサノヲが火を放ちます。そこにやってきた鼠の助言を受けたオオナムチは、鼠のおかげで命拾いをします。オオナムチはそののち、スセリヒメとともに根の国を後にし、地上に通じる黄泉比良坂《よもつひらさか》に行きます。そして、大国主《おおくにぬし》として生まれ変わり、出雲《いずも》の王となる、という伝説が神話として書かれています。

『城の崎にて』には蜂と鼠は出てきますが、蛇やムカデが出てくる場面はありません。しかし、オオナムチが黄泉比良坂に行くところは、自分が町から小さい流れに沿って散歩道を少しずつ上り、その先で事件が起きるという設定と似ています。流れに沿って登って行き、境界を越えて桑の木の先に自分をいざなっていくという、この作中で登場する坂道というのは、黄泉比良坂と関係して、生者の住む世界と死者の住む世界の境界の役割を担っているのです。そう考えれば、坂の中途にあった桑の木の葉が「ヒラヒラヒラヒラ」と動いていたと書かれた理由も説明がつくでしょう。

蜂は雨で流され、鼠は川で流され、イモリは道脇の流れの近くで死に、その川が増水をすれば川に流されていくでしょう。これらは、古代の文学の一つと考えられる祝詞《のりと》の中の、大祓詞《おおはらえのりと》と関わってきます。大祓詞の中には何種類かの神が登場しますが、その中の一つ瀬織津姫《せおりつひめ》の清めという一説があります。大祓詞にはさまざまな罪、穢《けが》れが列挙されていますが、それらは、水の神である瀬織津姫の力によって、大海へと水に流されて清められる、と考えられています。

少し難解ですが、大祓詞には、「高山《たかやま》乃《の》末《すえ》短山《ひきやま》乃《の》末《すえ》与里《より》佐久那太理《さくなだり》爾《に》落多岐都《おちたきつ》」、「速川《はやかは》乃《の》瀬《せ》爾《に》坐須《ます》」、「瀬織津比賣《せおりつひめ》登云布《といふ》神《かみ》　大海原《おほうなばら》爾《に》持出伝奈牟《もちいでなむ》」という記述が出てきます。つまり、川に住んでいる瀬織津姫という神が、穢れを一気に流して大海原に持ち出すのです。それらはさらに別の神々によって清められます。穢れを流し清めるという意味の、こうした古代のまじないことばというものには、『城の崎にて』の動物の死骸が川に流されることと、深く関わりがあると考えられます。

さらにここには、五行思想の「水生木」（水、木を生ず）という考え方も響いているかもしれません。「五行相生《ごぎょうそうしょう》」の考え方では、木は水の領域の中で水の働きによって生ずるということです。『城の崎にて』の桑の木というのは、水の神である瀬織津姫の使いような存在であると考えられます。そして、意図せずしてイモリを殺してしまった自分はイモリと自分が同一になるように感じ、生と死が隣接しているように考えます。水の神によって浄化され清められたイモリと同じく気持ちが浄化された自分が同化し、最終的に、清めと穢れが一体のようになり、生と死が近いところにあるものであり、怖いものではなかったと主人公である自分は感じたのだ、と考えられます。

古代のまじないの言葉や中国の古代思想、日本にも入ってきた五行思想は、人間の魂《たましい》、心の働きの原型に関わる考え方です。ユング派の心理学もそうした原型を大事にしています。文明の言葉によってさまざまに切り分けられていく以前の、こうした最も原初の世界のとらえ方が、生き死にかかわる問題として深いところから湧《わ》き上がってくるように書かれていくのが、志賀直哉の小説の書き方であると、私は考えています。

さて、城崎温泉の滞在は、三週間で終わります。最初は傷を治しておきたいという明確な目的がありましたが、滞在することによって、生きることと死ぬことに大差はないという思いに至ります。これは生きる意欲の喪失《そうしつ》の危険があったということです。そうなっては大変だということで、ようやく町まで戻ってきた自分ですが、三週間だけいてそこを去ります。それから三年間、生き死にの間際までいってきた自分が、また死の危機に遇《あ》うようなことはないだろうか、その際に死んでもいいという気持ちにはならないだろうか、と思いながら生きていました。

そして最後の一節です。(p117・9〜)

それから、もう三年以上になる。自分は脊椎カリエスになるだけは助かった。

それから三年以上経って、「自分は脊椎カリエスになるだけは助かった」というのは、脊椎カリエスによる死を心配しながらも、生きのびようとして過ごした三年間の空白期間のあらわれです。医者に保証された三年を経てみて、当面は死なずに済んでほっとした、というばかりではなく、世俗の生活の中でついた穢れは、穢れ払いによって水に流して持ち去ってくれるものがあるので、活力のある生活を送ることができるのだ。生きると死ぬこと、穢れと穢れ払いは、必ずしも忌《い》むべきものではない、と考えたということでしょう。

死は、神話や民俗学的に見ると穢れとして扱われますが、死というものは心身の穢れが払われ浄化した状態である、とも考えられます。生と死が近いところにあるということを、偶然性を持った怖いもの淋しいものとばかりとらえるのではなく、一種の昇華《しょうか》した、清めにいたるものととらえることができる、そのことがいまになってようやくわかったということが、「自分は脊椎カリエスになるだけは助かった」というほんの短い言葉の中に込められているのです。

最終的に、清めというものと穢れというものが一体となっているため、生と死が間近なところにあるものであり、生を喜ぶでもなく、死を恐れるものでもない、そうした境地にようやく至ったというのが、このほんの短い最後の二行の中の、さらに「なるだけは助かった」という一句の中に表現されているのではないか、と私は考えます。それらは小説全体と一体となって、一つの大きな死生観というものを私たちに示してくれているのです。それが、こうした夏休みの日記のような簡単な文章から、私たちがなんとも言い切ることのできない不思議な感覚を感じる原因ではないかと考えています。

次章では、そうした志賀直哉の神話や民俗的な考え方、発想がとてもよく込められた、『焚火』というもう一つの作品を扱っていこうと思います。

第Ⅲ章　『焚火』——霊的存在や神が紡ぎ出す、自然と人間との神秘的融合

『小僧の神様』『城の崎にて』と読み進んできましたが、志賀直哉という作家の文学的な個性、多面的な性格が次第におわかりになってきたのではないかと思います。

志賀の文学は、さまざまな側面から分析していくことが可能ですが、社会的な面、神話や民俗学的蓄積、あるいは言葉の中に深く潜《ひそ》んでいる記憶といったものが、彼の文学の中には多面的な形で表現されているということです。前章の『城の崎にて』では、生死という人生の一大事に関わる経験とその小説化について、細かくみていきました。ここでは、さらに突っ込んで、私たちを取り巻いている自然の中にどのような原理が働いているのか、そうした大きな構図の中でこの世界のありさまを捉《とら》えようとした文学として、『焚火』という小説を読んでみたいと思います。

この『焚火』という小説ですが、ちょっと変わった小説だと思います。お読みになった方もいらっしゃると思いますが、前半と後半が入れ子のようになっているのです。赤城《あかぎ》山というところに行って、湖に舟で乗り出していくのですが、湖の中の小鳥島《ことりじま》と作中で書かれているところに上陸して

焚火をします。これは島というよりも、湖の中にちょっと突き出した岬《みさき》です。そこでキャンプファイヤーのようなことをし、一緒に行った仲間の一人が遭難《そうなん》しそうになったが、不思議なことが起こって、遭難せずに済んだという話を聞く、というのが小説の中身になっています。

後半が、前半の話の中の話という形になっているのですが、それがどのような意味でつながっているのかをよくよく考えてみないと、この物語の内容がわかりにくいかもしれません。これは、この小説の成り立ちそのものにも関わっていることだと思います。

志賀直哉が自分の作品について短い解説をしている、「創作余談」という文章があります。その中でこの『焚火』という小説に関する部分は、みなさんがお使いになっているテキスト（『小僧の神様 他十篇』岩波文庫）の「解説」で、紅野敏郎《こうのとしろう》先生がお引きになっています。「前半は赤城山で書き、後半は四、五年して我孫子で書いた。書いた時には、如何にも書き足りない気がしてやめて了った。しかし四、五年して読むと案外《あんがい》書けてゐるように思はれ、後半をつけ、雑誌に出した」。このようにあとから振り返って書いているわけです。

この頃、志賀はどのような人生上のステージにいたのかということですが、赤城山に住んだのは一九一五（大正四）年です。この間、彼は執筆を中断している休筆の時期にあたります。一九一五年に赤城山に越して転地のようなことをするのですが、半年足らずそこに滞在して、我孫子《あびこ》に転居します。現在は、その旧宅のところが、白樺派の文学を記念するための白樺文学館になっています。そして一九一七年、前章で取り扱った『城の崎にて』を『白樺』に発表します。それから数年たった一九二〇（大正九）年に、原題『山の生活』を『焚火』と改題して『改造』という雑誌に発表します。

この小説ですが、日記のような小説と言えるかもしれません。たとえば、小学生、中学生が家族で夏の避暑に行って、その避暑先でこんなリゾートをしました、という報告文にも読めるような節《ふし》があるわけで、志賀直哉研究の泰斗《たいと》である紅野敏郎先生は、この文庫本の「解説」の中で、「自然と人間と神秘とのおのずからの融合と統合がここに見られる」とに書いておられます。そういう身辺雑記《ざつき》の中で、自分の内面的な心境と、自分を取り巻いている自然とが調和のとれたものとして捉えられる、というのが、これまでの代表的な作品の読み方だと思います。

そうは言っても、何が人間の心と自然の融合《ゆうごう》を作りだしているのか、あるいは私たちがこの小説を読んで不思議で気持ちのいい感じがする、ある意味ではわけのわからない感じもするのはなぜか。この原因がどこにあるのかは、「融合を作りだしている」と言っただけではわかりませんから、どのような分析をしていくと人間と自然、その融合と統合が出てくるのかということを解き明かしていくのが、文学を精読する批評のひとつの仕事だと思います。ここでは『焚火』という小説の中身を、この観点から細かく読み進んでみたいと思います。

作品の登場人物と舞台は、このようになっています。主な登場人物は、「自分」という語り手とその「妻」、宿の主の「Kさん」、画家の「Sさん」の四人です。舞台は群馬県の赤城山です。Kという人物が主の宿に、妻とともに滞在している自分の視点で描かれた話です。冒頭のところを読ん

で見ましょう。（p176・1〜）

その日は朝から雨だった。午《ひる》からずっと二階の自分の部屋で妻も一緒に、画家のSさん、宿の主《あるじ》のKさんたちとトランプをして遊んでいた。部屋の中には煙草《たばこ》の煙が籠《こも》って、皆《みんな》も少し疲れて来た。トランプにも厭《あ》きたし、菓子も食い過ぎた。三時頃だ。

一人が起《た》って窓の障子を開けると、雨は何時《いつ》かあがって、新緑の香《かおり》を含んだ気持ちのいい山の冷々《ひえびえ》した空気が流れ込んで来た。煙草の煙が立ち迷っている。皆は生き返ったように互いに顔を見交《みか》わした。

浮き腰で、ずぼんのポケットに深く両手を差し込んでモジモジしていた主のKさんが、

「私、ちょっと小屋の方をやって来ます」といった。

「僕も描《か》きに行こうかな」と画家のSさんもいって、二人で出て行った。

このようなところから赤城山での話は始まります。話をもう少し先のほうまで説明していきますと、自分の提案によってK、S、妻、そして自分の四人は、滞在していた宿から舟に乗り、四方の山を見ながら小鳥島へ向かって行きます。

そこで自分たちは、竈《かまど》の焚口《たきぐち》で焚火が燃えているのを発見します。そしてまた舟に乗って、岸に到着します。ここで自分たちも焚火をしようというKの提案で、森の中で焚火の材料を集めて焚火

をします。そこで自分たちは、Kが体験したという不思議な話を聞くという内容になっているのです。

『焚火』という小説は、先ほども言いましたように、入れ子構造になっており、この部分の構造、仕組みを理解するには、読み方にひと工夫が必要になってきます。志賀直哉の小説は、一つとして意味のない構造はありませんので、この構造をきちんと読み解いていくということについて、これからもいろいろとお話をしていくことになると思います。

さて、赤城山が小説の舞台ですが、この赤城の山そのものが、赤城神社という大きな神域になっています。この赤城山のいくつかの場所に赤城神社という神社がありますが、それらも含めて赤城山自体が一つのご神域であると考えることができます。赤城山のもつご利益《りやく》というのは、大きく分けて二つあります。一つは女性または母親関係のご利益、もう一つは子ども関係のご利益です。とくに前者は、赤城にまつわる伝説に由来があるため、女性と赤城とは切っても切れない深い関係にあるということになります。

赤城神社の祭神は、天之水分神《あめのみくまりのかみ》、国之水分神《くにのみくまりのかみ》という安産の神様です。その説明で片付けてしまうこともできますが、もう少し考えてみますと、赤城山のポータルサイトには、大沼《おぬ》あたりの一つの伝説が書かれています。これは赤城姫と淵名姫《ふちなひめ》という二人の女神が赤城大明神に召《め》されて赤城の神になり、二人の姫を乗せた鴨《かも》は、大沼の東に戻って小鳥島になったということです。以来、赤城の神様にお願いした女性の願い事は必ずかなえられ、この神様にお願いすると美人の娘が授《さず》かると言われているわけです。重要なのは、このように、赤城には女性守護と子授かりのご利益があるということです。

女性へのご利益の根拠はこれだけではなく、「神道集」という説話集の中にもそれにまつわる記述があります。大沼を祀《まつ》った赤城明神の本地仏《ほんじぶつ》は、この説話集によりますと、千手観音《せんじゅかんのん》ということになりますが、千手観音は、女性世界の中で、蓮《はす》の座にあり、蓮華《れんげ》が女性の象徴とされています。この『焚火』で志賀直哉が赤城という場所を選んでいるということには、やはり母親の胎内を連想させる千手観音の存在が大きく関わってくる、ということになるのです。

また、千手観音のご利益を調べると、さまざまなものがありますが、その一つとして夫婦円満ということも出てきます。

ここで一つおもしろいのは、今回の講座では取り扱いませんが、テキストの中に入っている『好人物の夫婦』という短編小説があります。この作品を見ますと、結婚生活の中でお互いに倦怠期《けんたいき》に近い感じになっている夫婦のうちの夫が、自分だけで旅行をしようというのです。そのときに、ひょっとしたら浮気をするかもしれない、ということをほのめかします。それを、妻は、当然ですがとても嫌がります。そして、こんなことを言います。行くのなら、「赤城にいらっしゃらない？赤城なら私本統《ほんとう》に何とも思いませんわ。紅葉《こうよう》はもう過ぎたでしょうか」と言うのです（p124・11〜）。ですから、浮気をするかもしれないと言って出かけようとする夫に、妻が、赤城山に行くのならいいわよ、それなら私は何とも言いませんよ、と言うのは、夫婦の仲がこの赤城と大きく関わっているのではないかと考えられます。

さて、先ほど引用した冒頭の一節ですが、「その日は朝から雨だった」ので家の中でトランプをして遊んでいた、障子を開けると気持ちのいい空気が流れ込んできた、と書かれています。ここからは次のような要素に気づきます。まず、雨が降っているというのは水です。そして、空気がよどんできたので窓の障子を開けると、雨があがって新緑の香を含んだ気持ちのいい空気が流れ込んできます。そこには煙草の火から煙が立ち迷っています。つまりここには、雨＝水、空気＝風、煙草＝火が登場しています。

このあと、みんなは外に出て赤城山のほうに行きますが、ここ赤城は、女性と母性を含んだ大地であり、母＝地という関係を見ることができます。そうしますと、「地水火風」いわゆる「四大《しだい》」のそろった世界ということになります。四大というのは、仏教の教義では、世界を作り上げている四つの要素であり、この四大によって宇宙が成り立っているとされます。「地水火風空」の五大とする場合もありますが、地水火風が仏教的な世界の成り立ちを示している、と考えて差し支えないと思います。ここには、超越者《ちょうえつ》による世界の要素が現れており、古来からの哲学が解き明かしているように、自分を取り巻いている世界がどのような根源的な存在によって成り立っているのかが、冒頭から出そろってくるというところに着目したいと思います。

さて、その次です。（p176・10〜）

出窓に腰かけて、段々白い雲の薄れて行く、そして青磁色《せいじ》の空の拡《ひろ》がるのを眺めていると、絵具函《えのぐばこ》を肩にかけたSさんと、腰位までの外套《がいとう》をただ羽織《はお》ったKさんとが何か話しながら小屋の方へ登って行くのが見えた。二人は小屋の前で少時立話《しばらくたちばなし》をして、そしてSさんだけ森の中へ入って行った。

それから自分は横になって本を読んだ。そして本にも厭《あ》きた頃、側《そば》で針仕事をしていた妻が、

「小屋にいらっしゃらない?」と言った。

小屋というのは近々《きんきん》に自分たちが移り住むために、若い主のKさんと年を取った炭焼きの春さんとで作ってくれる小さい掘立小屋《ほったてごや》の事である。

Kさんと春さんとは便所を作っていた。

「割に気持ちのいい物になりました」とKさんがいった。自分も手伝った。妻も時々手を出した。

半時間ほどすると、Sさんが前の年の湿った落葉を踏んで森の中から出て来た。

「これはよくなった。これだけ出っ張りが附くと家《いえ》の形がついた」と便所の出来栄《できばえ》を讃《ほ》めた。

Kさんは、

「厄介物《やっかいもの》にされた便所が大変いい物になりましたよ」と嬉《うれ》しそうな顔をしていった。

これから移り住んでいくために作っている小屋に便所を取り付けていますが、そのことによって大変気持ちのいいものになったと、ここでは言われています。

ところで、便所を作っているというのは、本体の話とはなにも関係がないようですが、これは、母性あるいは出産と大きく関わってきます。厠《かわや》と出産との関わりは深く、神道などでは、穢《けが》れとされている出産を加護《かご》する神といえば、厠神《かわやがみ》なのです。また、赤城神社の祭神である波邇夜須毘古《はにやすひこの》神《かみ》、波邇夜須毘売神《はにやすひめのかみ》が、こちらも赤城神社の祭神である伊邪那美命《いざなみのみこと》の糞《ふん》から生まれたというのも、出産と排泄の類似と関わりがあろうということになります。祭神に含まれる神に厠神がいて、小説の冒頭に便所が出てくるとなると、この部分も無視することはできないということになります。なお、厠神については、密教とか禅で出てくる烏枢沙摩明王《うすさまみょうおう》という神がいますが、これについてはのちに触れたいと思います。

さて、『焚火』を読んできますと、作中に鳥がよく目につきます。鳥が出てくる場面をいくつかピックアップしてみます。

「夜鷹《よだか》が堅《かた》い木を打ち合わすような烈《はげ》しい響きをたてて鳴き始めた。……春さんは掌《てのひら》で雁首《がんくび》の煙草をつめ更えながら」（p178・1〜）。ここでは雁首は鳥ではありませんが、一応、雁という字がでてきます。

「きっと笹熊《ささくま》でしょう。鷲《わし》か何かに食われたのかも知れません」（p187・5〜）。

「先刻《さっき》から小鳥島で梟《ふくろう》が鳴いていた」(p192・9〜)。

こうして、夜鷹、鷲、梟といった鳥の姿が出てきます。小鳥島の誕生のところでも、一羽の鴨が二柱の神を背中にのせてたどり着いたということで、小鳥島の誕生にも鳥が関わっているということがわかります。ですから、鳥についても出産にからめて考えていく必要が出てきます。日本神話の中で、最初に登場する生き物は何かというと、セキレイです。セキレイが尾を上下に動かすという姿に示唆《しさ》されて、イザナギノミコトとイザナミノミコトが生殖の方法を知り、無事に国土を生み出すことができたわけです。鳥の姿によって命を生み出す、国土を生み出す、ということが『古事記』に書かれているということからしても、鳥の存在も大事なことなのです。

このように、鳥の姿をたくさん出しているというところも、神話以来の自然と人間の文化との関わり、あるいは自然と人間の存在との関わりを暗示し、そこに結びつけるような言葉を連ねているといえます。

その次に行ってみたいと思います。赤城山の湖畔《こはん》に住まい、毎日、まるで遠足かリゾートのようなことをやっている人たちですが、前の日、木登りの遊びをするという場面が出てきます。(p178・12〜)

前の日も午後から晴れて、美しい夕暮れになった。昨日《きのう》は鳥居峠《とりいとうげ》から黒檜山《くろび》の方へ大きな虹が出てなお美しかった。皆《みんな》は永い事、此処《ここ》で遊んだ。小屋は楢《なら》の林の中にあったから、皆でその高い楢に木登りをして遊んだ。虹がよく見えるというと妻までが登りたがるので、Kさんと二人で三間ほどの所まで引張りあげた。

自分と妻とKさんとは一つ木に登った。Sさんはその隣の木に登って、SさんとKさんとは互いに自身の方が高くなろうとして五、六間の高さまで張り合って登って行った。

「まるで安楽椅子ですよ」Kさんは高い所の工合《ぐあい》よく分れた枝の股《また》に仰向《あおむ》けに寝て、巻煙草をふかしながら大波のようにその枝を揺《ゆす》ぶって見せたりした。

鳥居峠から黒檜山にかけて虹がかかったということですが、虹はどのように出るかというと、湿気や雨の気があると、太陽の光を背負って見れば見えますから、これは午後のことです。みんなはその虹を二本の木に登って見ていますが、その木の間から見える虹の形は、二つの柱があってその間に横木が渡されているという鳥居の形をしていると見ることができます。つまり、ここに鳥居が作られているということになります。赤城神社にももちろん鳥居がありますが、ここに大きな鳥居の形をした虹がかかったということは、聖なる場所への結界《けっかい》の内側に入っているとも言えます。自分たちでこのような鳥居を作り、結界のこちら側に自分たちがいるということは、一つの神域の中に自分たちが入り込んでいる、ということを示していることになります。

次のところに、妻が木の上から櫛《くし》を落とすという場面が出てきます。この櫛を落とすということも実は、聖域の話と関係があるのです。櫛は奇《くすし》、つまり怪しいとか不思議という音と似ていることから、呪術的《じゅじゅつてき》な、まじないの意味をもつ小道具となります。櫛を落とした場合、これは苦しみと死、「く」と「し」ですから、これが櫛と通じることから、櫛を落とすのは悪いことではないが、落ちている櫛を拾うことは縁起が悪いとされています。妻は櫛という神聖な小道具を落としましたが、灯《あかり》なしでは探せないほど、地面の上は暗くなっています。しかもそれが、四人のなかで唯一の女性である妻の身において発動しているということも、赤城のご利益を考えると、興味深いと思います。灯なしでは探せなかったのですから、それは見つかったかもしれませんし、その日は見つからず、後になって見つかって、一行のうちの男性の誰かに拾われたと考えても構わないのではないかと思います。

その次ですが、舟に乗る朝、Kさんはお札を売る人に、「お湯にお入りなさい」と声をかけています。これは清めの水と関わりがあろうかと思います。神社の入り口に石の水盤《すいばん》が置いてあってそこに水が張ってあり、柄杓《ひしゃく》で手を洗い口を注ぐ、これを手水《ちょうず》と言いますが、それはみなさんよくご存じだと思います。これは、水によって俗世《ぞくせい》で身にまとった穢《けが》れを洗い清める仕草であり、禊《みそぎ》を示唆しているのだと考えられます。この場合、お湯に入りなさいというのは、全身禊ということになります。また、Kさんのその台詞《せりふ》のあとですが、「樅《もみ》の太い幹と幹の間に湖水の面《めん》が銀色に光って見えた。」

とあります。先ほど二本の楢の木の間から虹が見えたことが鳥居に似通っていたと言いましたが、この幹と幹との間というのも、神聖な鳥居の柱の向こうに湖の気高い姿があると考えることができます。こうして、四人はいくつもの鳥居、結界を超え、身を清めながら湖の中に入っていきます。この結界というのは、幾重にもはられ、何重にもなっていて、入れ子構造になっているということですが、入れ子の中に入り込んでいけばいくほど、現実世界から区分けされた聖なる世界、異界のほうへの歩みを進めていく道行きをたどっていくことになると考えられます。彼岸《ひがん》と此岸《しがん》、ハレとケ、神聖な場所である赤城と自分たちが普段暮らしている世俗との対比が、ここではっきり示されています。

四人が舟で渡っている大沼には、弁天堂があります。舟はその弁天堂のところから出ていくことになっています。弁天堂は現在も、昔と同じ場所にありますが、当時、赤城神社の本体は小鳥島ではなくて、この弁天堂のところにありましたから、そのあたりから、舟に乗って湖に出て行ったことになります。

この漕《こ》ぎ出していくあたりに弁天堂があるということですが、弁財天は志賀直哉が他の小説でもよく登場させる神様の一つです。端的《たんてき》なものに、志賀直哉が若い頃に書いた『襖《ふすま》』という小説がありますが、これはまさに弁天をめぐる話になっています。この短編小説集に含まれるものとしては、先ほど話に出た『好人物の夫婦』という小説の舞台近くに弁天と不動があります。

この弁財天とは、もともとはインドの神様で、七福神の中に入って、神道に習合していきます。

この『焚火』の中には、「四方の山々は蠑螈《いもり》の背のように黒かった」（p180・5〜）とか、「湖水を渡っていた蛇《へび》と出会って驚いた話などをした」（p181・1〜）というように、弁財天と関わりをもつ動物が出てきます。龍とか蛇とか亀は、弁財天の神使《しんし》、神の遣いとされるものです。さらにイモリは、民俗学的には、龍の化身であり、お遣《つか》いであるとされることも多いのです。イモリといえば、前章でお話しした『城の崎にて』でも重要な役割を果したことは、記憶に新らしいところです。また蛇は、宇賀の神が弁財天と習合して、蛇身《じゃしん》の弁天となって図像化されるという例があります。その像は、みなさんも祠《ほこら》などでご覧になったことがあるかもしれませんが、蜷局《とぐろ》を巻いた蛇の首が弁財天の姿になっています。この弁財天は、水の神様として、湖、川などの近くに祀《まつ》られていることも多い神様です。赤城の神ともども、水神としての弁天も大事な役割を果たしていると考えられるわけです。

次から次へと、神様やら仏様やら、古代の思想やらが登場しますが、そうしたことがらが日本語の中に組み込まれていて、伝説や歴史の中に伝えられてきたさまざまな記憶が、この赤城の山の風景と関わって呼び出され、「四大」の調和として描き出されることになっていくわけです。

次に竈《かまど》と竈神のところです。（p180・5〜）

静かな晩だ。西の空にはまだ夕映《ゆうば》えの名残が僅《わず》かに残っていた。が、四方の山々は蠑螈《いもり》の背のように黒かった。

「Kさん、黒檜《くろび》が大変低く見えるね」とSさんが舳《へさき》からいった。

「夜は山は低く見えますよ」Kさんは艫《とも》に腰かけて短い櫂《かい》を静かに動かしながら答えた。

「焚火《たきび》をしてますわ」と妻がいった。小鳥島《ことりじま》の裏へ入ろうとする向こう岸にそれが見える。静かな水に映って二つに見えていた。

「今頃変ですね」とKさんが言った。「蕨《わらび》取りが野宿《のじゅく》をしているのかも知れませんよ。あすこに古い炭焼きの竈《かま》がありますから、その中に寝ているのかも知れませんよ。行って見ましょうか」

Kさんは櫂に力を入れて舳の方向を変えた。舟は静かに水の上を滑った。Kさんは小鳥島から神社の方へ一人で泳いで来る時、湖水を渡っていた蛇と出会って驚いた話などをした。

焚火はKさんのいうように竈の焚口《たきぐち》で燃えていた。Sさんは、

「本統にあの中に人がいるのかね、Kさん」といった。

「きっといますよ。もしいなければ消しておかないと悪いから、上りましょうか」

「ちょっと上って見たいわ」と妻も言った。

岸へ来た。Sさんが縄《なわ》を持って先へ飛び降りて、舟の舳を石と石との間へ曳《ひ》き上げた。

Kさんは竈の前に踞《しゃが》んで頻《しきり》に中を覗《のぞ》いていた。

「寝ていますよ」

冷々としているので皆《みんな》にも焚火はよかった。
Ｓさんは落ちている小枝の先でおき火をかき出して煙草をつけた。
竈の中でゴソゴソ音がして、人の呻吟《うな》る声がした。

赤城は出産に関係する地であることはすでに述べましたが、竈もまた、出産に深い関わりのあるものなのです。竈の神様というのは、神社系と仏教系の二つに分けられますが、神社系の神様で代表的なのは、迦具土神《かぐつちのかみ》、竈の神様と言います。これに奥津彦神《おきつひこのかみ》・奥津姫神という三神を合わせて「三宝荒神」と呼ばれています。三宝というのは、仏様である仏と、その教えである法と、お釈迦《しゃか》様の教えを守る人である僧、すなわち「仏、法、僧」をさしますが、竈の神も三宝を守護する神様だと言われています。竈の神様である迦具土神は、台所を使う女性の神様でもあります。竈の形は、見ていただければおわかりのように、アーチ型に丸みを帯びた中に火が燃えています。竈の中にはぬくもりがあり、火が落ちたあとでも中が温かく保たれています。その温かい竈の中に人が入っていきます。ご飯を炊く竈の上に鍋釜《なべかま》を載せる穴がありますが、炭焼きの竈ですから出入り口は一つだけです。これらを考えますと、竈というのは、女性の子宮の温かい内部で子どもが守られていることの象徴となっていると思われるわけです。
ここまで、便所と竈が出てきましたが、面白いことに、民俗学では、厠神と竈神は家についている守り神ということで、関連性をもったものだということです。仏法の法典の中に、烏枢沙摩明王《うすさまみょうおう》といわれる神様が出てきます。烏枢沙摩明王は、この世のいっさいの穢れを焼き尽くす功徳《くどく》があり、烈火によって不浄を清浄と化す神力を持つものと言われています。この烏枢沙摩明王は、トイレの神様、便所神でもあり、烈火でものを清めていく役割をもっているという点で、三宝荒神の一柱である迦具土神とも共通点が見いだされるということになります。そして、赤ん坊が生まれたときに、お七夜では、産土神《うぶすながみ》として、竈神、厠神に詣らせるなど、家を守ってくれる神様と出産や子どもの無事な成長を司る神様は、深い結びつきがあるということも、民俗学的に解き明かされてきているところです。

小鳥島に渡っていくときに、口笛を吹くというシーンがあります。Sさんがドナウ・ウェレンの口笛を吹くのです。（p182・15～）

小鳥島と岸の間は殊《こと》に静かだった。晴れた星の多い空を船べりからそのまま下に見ることが出来た。

「こっちでも焚火をしましょうかね」とKさんがいった。

Sさんは癖《くせ》になっているドナウ・ウェレンの口笛を吹きながら漕いでいた。

ドナウ・ウェレンというのは、「ドナウ川のさざ波」とか「ダニューブ川のさざ波」というタイトルで日本でも知られている曲ですが、これはドナウ川のイメージからきているわけです。このドナウ川という名前の語源は、ラテン語のダヌビュウスに由来していて、「ダヌ」は、インド・ヨーロッパ祖語で川を意味する「ダヌ（danu）」という単語から来ているらしいと語源説に出ています。「ダヌ」を、インド・ヨーロッパに拡がっているさまざまな神話で見ていきますと、これは命の母として描かれています。またケルトの神話では、火や竈、命や歌の神としても考えられていたとのことです。とくに母系社会では、大地の神と結びついて大地を母親ととらえ、すべての生命の源と信じられていたと言われています。冒頭のところでふれましたように、命の母である大地は四大でいうところの地の性質です。ですから、赤城が持っている性質を考えるうえで、水、火、風に地を合わせると、四大世界の根源的な要素すべてがそなわった、調和のとれた一つの宇宙としての象徴性をもったところだと見ることができると思います。

赤城神社のある湖の形は、子宮の姿によく似ています。胎児《たいじ》は子宮から産道を通って膣口《ちつ》から出産しますし、受精をするときも膣の側から精子が入っていくわけです。自分たちが出かけていったもとの赤城神社というのは、ちょうど子宮の入り口手前にある膣のあたりです。そして、へその緒あたりに赤城神社が位置します。この小鳥島に行き、ここで焚火をして戻ってくるのですから、いったん子宮の中に入り込み、ここで一つの仕事を成し遂げてまた出てくるということになります。これは、受精から子宮内での胎児の成長を経て、出産によってこの現世に生まれ出てくるというイニシエーションの姿と非常に相通う構造を持っている、ということができるわけです。

余談になりますが、この話にはよく白樺《しらかば》が出てきます。白樺は赤城山の近辺にもたくさん生息し、焚き付けとして使い勝手のよいもので、白樺の古い皮を剥《は》いで燃やしつけるということが、引用した部分にも出てきます。これは、ご存じのように、文学史の上で志賀たちが作り上げた『白樺』という雑誌を連想させます。志賀直哉の文学的実績を世の中に出したという大きな役割がありますが、これは、『白樺』で培《つちか》われてきた自分のありさまをいったん昇華させ、それを燃やすことによってさらに新しい高みに踏み込んでいく、そうした意味を感じ取ることができます。

これも余談になりますが、Kさんは尺取り虫を怖がっています。尺取り虫の民俗学的な役割を見ますと、たとえば「栃木の語り部」というサイトには、「尺取り虫は伸び縮みしながら這っているが、これは尺を採っている、つまり長さを測っているのだ。尺取り虫に足元から頭のてっぺんまで登っていかれて、身長を測られてしまった人は死んでしまう」という伝承が載っています。全体を通して、子どもが手厚く守られているという印象を受ける『焚火』ですが、この尺取り虫というのは、子どもにとっての危険をほのめかしているとも言えます。そして事実、Kさんはこの赤城の山の結界に入るところで命の危険があったのだということが、焚火をしながらKさんが語る話の中で出てきます。ですから、尺取り虫を恐れるというちょっとした記述ですが、これも無視するわけにはいかないということになろうかと思います。

さて、いよいよ小鳥島の焚火の中で語られるKとそのお母さんの話になります。なぜこの話をここでしたのか、またこれがどんな意味を持っているのか、ということです。五年も経って続きを書いたのですから、そこに調和がないかもしれないというのもわからないではありませんが、実は、入れ子になった中の話というのは、この赤城の舞台と深く関わっていると言えるのです。

東京にいる姉の病気が悪化したという知らせを受けて、Kは東京に向かいますが、思ったほど悪くはなかったとして赤城に帰るまでの話です。Kは駅から赤城山を登る間、深い雪に阻まれて死にそうになりますが、Kのお母さんがKが赤城に帰ったことを察知し、迎えをやったことで、Kは命をとりとめることになります。東京というのは、赤城を離れた俗世界ですが、そこで病気になったお姉さんの看病をして帰ったというのです。

病気が、仏教の四大思想のなかでどう考えられているかというと、自らの身体と自然を調和のとれた一つのものとしてとらえますから、人間の体も四大によって作られており、その四大のバランスが崩れることによって病が起こるのです。これを四大不和といいますが、それによって病が起きているお姉さんの元に、赤城の聖域を離れて、俗世界の塊《かたまり》のような東京に行って看病してきたKには、その俗世間の四大不和の穢れがついており、その人がまた赤城の山の聖域に戻ってこようとするわけです。いわば穢れをまとった者が、それを落とさずに聖域に戻ろうとして拒まれ、危難に遭《あ》ったということになります。

それがどうして助かったのかということですが、ここまで志賀の小説を読んできますと、やはり何者かの超越的な存在の啓示《けいじ》が働いたというふうに考えないと、この話は理解できないだろうと思います。さきほど申しましたように、赤城神社には三宝荒神、迦具土神という二柱の神がいますが、この三宝荒神は産土神として、その地に生まれた人の守護神となります。お母さんは、Kを待つ間、Kが帰ってくるから迎えに出てほしいと義理のお兄さんなど三人に頼んだときに、何をしていたのかということですが、お母さんは火を起こしてKの帰りを待ったのです。その日に帰ることを知っているはずもないお母さんが、夜中に彼らを起こして迎えに行ってくださいと言ったということなのです。火を起こすというのは、竈に火をたいてお湯を沸《わ》かしているということですから、火をたいているうちは、台所に祀られる三宝荒神の加護がはたらいたのです。

Kさんが東京から帰ってくるとき、どのようなルートをたどり、どこで遭難《そうなん》しかかったのかが詳しく書かれています。(p188・13〜)

しかし姉さんの病気は思ったほどではなかった。三晩泊まって帰って来たが、水沼《みずぬま》に着いたのが三時頃で、山へは翌日登る心算《つもり》だったが、僅《わず》か三里を一ト晩泊まっていく気もしなくなって、Kさんは予定を変えて、しかしもし登れそうもなければ山の下まで行って泊めてもらうつもりで、水沼を出た。

そして丁度日暮に二の鳥居の近くまで来てしまった。

ここには鳥居があるのです。そこから鳥居峠を越え、覚満淵《かくまんぶち》というところまで来たところで迎えに来た人たちと会うのですが、ここは、湖にでる前の夕方に虹がかかり、それによって大きな鳥居ができた場所でした。いくつかの結界がありますが、ここまで穢れを祓《はら》わずにやってきたKさんには、ここまでの間に生命の危険が身に迫ったわけです。それを、なんらかの啓示を受けたお母さんの命によって、ここまで出迎えた人たちによって救われ、二の鳥居を過ぎて、赤城山の聖域である母のもとに戻ることができたのです。これは、四大不和の穢れをもつKさんが、ひとたびは赤城に拒《こば》まれてしまいますが、それを赤城の聖域にいる母性である母が、何者かの啓示を受けて救った、という話になろうかと思います。

ここまで、主に仏教の要素説でいう四大という考え方を使って、この赤城の聖域を説明してきました。この要素説というのは、仏教では四大といいますが、中国の古代思想では、陰陽《おんよう》五行《ごぎょう》で表される五行説といわれるものがあります。木、火、土、金、水という五つの要素が、互いにお互いを生み出したり、互いを滅ぼしたり、影響し合いながら、ぐるぐると変化を遂げています。こうしたものの調和によって世界が成り立っているというのが五行説、五要素説なのです。

ここでとくに重要なのは、四大説では水と火と土（大地）が出てきましたが、木は直接には出てきません。しかし、五行説を見ますと、水は木を生み、木は火を生むとしています。また水は火を滅ぼし、火が滅びた後それは土に変わっていくのです。このように、志賀直哉の小説は五行説で見ていくことができる、ということになります。

タイトルに「焚火」という字がありますが、木の束《たば》の下に火があり、それが焚くということですが、焚火をしたあとは当然、それらは炭や灰の燃えさしになります。この焚火の場面では、水面に焚火の火が映り、その焚火を消すために、火のついた木を水面に投げて消すという場面になっていきます。

最後の場面を引用してみます。（p192・9～）

先刻《さっき》から、小鳥島で梟《ふくろう》が鳴いていた。「五郎助」といって、暫《しばら》く間《あいだ》を措《お》いて、「奉公」と鳴く。焚火も下火になった。Kさんは懐中時計を出して見た。

「何時？」

「十一時過ぎましたよ」

「もう帰りましょうか」と妻がいった。

Kさんは勢いよく燃え残りの薪《たきぎ》を湖水へ遠く抛《ほう》った。薪は赤い火の粉を散らしながら飛んで行った。それが、水に映って、水の中でも赤い火の粉を散らした薪が飛んでいく。上と下と、同じ弧を描《えが》いて水面で結びつくと同時に、ジュッと消えてしまう。そして、あたりが暗くなる。それが面白かった。皆《みんな》で抛った。Kさんが後に残ったおき火を櫂で上手《じょうず》に水を撥《は》ねかして消してしまった。

舟に乗った。蕨《わらび》取りの焚火はもう消えかかっていた。舟は小鳥島を廻って、神社の森の方へ静かに滑って行った。梟の声が段々遠くなった。

水と火は相克《そうこく》の関係にありますが、その火が水面でシュッと水と合一するようにして消えていってしまいます。そして、さらに残った火は、舟の櫂《かい》で湖面の水をかけて消してしまいます。この木を介して水と火とが合一していくという姿が、この最後の場面で実に印象深く描かれていくわけです。蕨取りの焚火のある場面、四人が焚火をする場面には、必ず湖が側にあります。その湖面は、焚火の火をただ消すのではなく、それらと同じ場面におさまり、さらにそれらが合一することによって、穏やかな赤城の大地に吸収され、統一されていきます。これが、この小説の構造となっているのです。

ずっとお話ししてきましたように、神話や民俗学的なことがたびたび出てきます。志賀直哉自身がそういうことを小説に仕組んでいたと、どこかで言っているのかと言えば、一切ありません。志賀は生前には、神とか霊的存在などの超越者が、自分の小説の構造のもとになっているとは言っていませんが、不思議なことがあるものだということは、ときどき漏《も》らしています。自分が何かそうした霊的な存在や神というものを背後において書いたとは言っていませんから、紅野先生が「解説」で書いていたように、「自然と人間と神秘とのおのずからの融和と統合」というふうに見えるわけです。

しかし、志賀直哉が天才的な直感によって、このようなさまざまな思想が解き明かした宇宙の要素説やそれを語る言葉を紡《つむ》ぎ出して、このように奥深い印象をあたえる世界を作り出したことは事実です。その言うに言われない感覚というものを解剖《かいぼう》して、よく理解できるように説いていくことが、文学を読むことの面白みの一つだと思います

第Ⅳ章 『真鶴』──和歌と歴史を媒介にした、心境小説／社会小説

ここでは、『真鶴《まなづる》』という小説についてお話しします。これまで取り上げた志賀直哉の作品の中でも『焚火』と並んで名作だと評価されている作品です。『小僧の神様』とか『城の崎にて』は、高等学校の授業などでよく使われたことがありますが、『焚火』や『真鶴』は、もう少し高級感があり、心境《しんきょう》小説と言われたり、静謐《せいひつ》な風景の描写が素晴らしい、などと言われたりしてきました。しかし、その中味が分析的に読まれてきたかと言いますと、必ずしもそうでもありませんので、ここでは、これまで取り上げてきたような論点も取り入れて、研究者として分析的に読み解いていきたいと思います。

志賀直哉の『真鶴』という小説は、一九二〇（大正九）年九月一日発行の『中央公論』九月号が初出です。『中央公論』という雑誌は、この年で三五年目に入っていますから、とても古くから出され続けている雑誌であることがわかります。現在も、会社は変わりましたが、引き続き発行されている、歴史と伝統のある雑誌です。

この小説の、あらすじについて、まずご紹介します

真鶴の漁師の子で、一二、三になる男の子が年末、弟を連れて下駄《げた》を買いに行きますが、憧《あこが》れている海軍の水兵帽《すいへいぼう》を見つけ、もらったお金をすべてはたいてそれを買ってしまいます。この子は、通っている小学校の教員が恋の歌を詠《よ》むのを聞いて、意味はわからないながらもそれについて思い悩んでいます。水兵帽を買った帰りに法界節《ほうかいぶし》の一行に出会います。彼はその中の女に強く惹《ひ》かれてしまい、後をついていきます。家の近くまで来て母親の姿を見た途端、我に返り、疲れて暴《あば》れる弟に水兵帽を渡してなだめる、というのが、この短編小説のあらましということになります。

この小説のタイトルとも舞台ともなっている真鶴というのは、どこにある、どのようなところでしょうか。それは、神奈川県の足柄下郡真鶴町にある小さな半島です。太平洋につながる相模湾《さがみわん》を伊豆半島と三浦半島が囲むように張り出していますが、真鶴半島といっても、伊豆半島の根元にほんのちょっと出ている小さな岬《みさき》です。その岬とその根っこのところを含めた部分が真鶴町ということになっています。箱根山のカルデラ外輪山から南東に続く山地が張り出していますが、その先端に位置する岬です。海岸は高さ二〇メートルほどの岸壁が続いており、行ってみるとわかりますが、陸上には松や楠《くすのき》、椎《しい》などの常緑樹の大木が林立し、シダ類が生い茂る原生林が残されており、豊かな自然に恵まれた土地です。

真鶴半島の先端から対岸にある三浦半島の先端に線を引きますと、その間が相模湾、あるいは相模灘になります。昔で言えば、神奈川県側の相州相模国《そうしゅうさがみのくに》の一番西にある半島で、伊豆《いず》の

国《くに》とのちょうど境目をなすところにある場所です。

真鶴半島は、ここでしか採取されない石で、古くから上質の石材とされる本小松石《ほんこまついし》の産地です。すぐ近くの根府川《ねぶかわ》というところは根府川石と呼ばれる石の産地で、この辺は良質の石を産出する場所だということを覚えておいてください。

真鶴町の名前は、地図上の形が鶴に似ているところから名付けられました。山の上から見ると、真鶴と呼ばれる鶴が首を伸ばして飛んでいる形にとてもよく似ています。その鶴の長い首のようになっているところが真鶴半島です。真鶴は全長が一二〇センチから一六〇センチメートルで、大事なことは、この鳥は日本と大陸との間を季節によって行ったり来たりする、典型的な渡り鳥であるということです。全身の羽毛は灰色や暗灰色《あんはいしょく》で、頭頂から喉《のど》、後ろ首にかけての羽毛は白色です。耳の穴の後方から顎《あご》下面にかけての羽毛は、暗褐色や濃灰色です。特徴的なのは目で、周囲から嘴《くちばし》の元にかけては羽毛がなくて、赤い皮膚が露出しています。目元の眦《まなじり》が赤いところがこの鶴の特徴で、目元の赤さ、首の白さ、灰色の大羽が目につく鳥です。

小説『真鶴』の主人公が出会う法界節《ほうかいぶし》の一行の中にいる女の姿について、このように書かれています。（p198・12〜）

それからその女房らしい女が顔から手から真っ白に塗り立てて、変に甲高《かんだか》い声を張り上げ月琴《げっきん》を弾いていた。（中略）彼はその月琴を弾いている女に魅せられてしまった。女は後鉢巻《うしろはちまき》のために釣り上っている眼を一層釣り上がらすように目尻と目頭《めがしら》とに紅《べに》をさしていた。そして、薄汚《よご》れた白縮緬《ちりめん》の男帯を背中で房々と襷《たすき》に結んでいた。

この女の姿は、鳥である真鶴の姿を彷彿《ほうふつ》とさせます。従来、「真鶴」というタイトルは、この小説の舞台である真鶴半島であると考えられてきましたが、ここで法界節の女を媒介《ばいかい》にして、渡り鳥である真鶴との比喩《ひゆ》的な関係が現れてきます。

法界節というのは、もともとは中国の明楽《みんがく》とか清楽《しんがく》に起源をもつ音楽で、江戸時代の後期に中国南方から日本にもたらされました。明治二〇年代中頃に、その俗曲を中心とする音楽に基づいて、俗謡《ぞくよう》として流行しました。文句の終わりに「不開《ふぉーかい》」と加え、月琴《げっきん》を伴奏として歌われました。「法界」というのは当て字で、中国南方の方言で「ぼーかい」「ふぉーかい」というのが「法界」になったと言われています。ですから、中国大陸から渡来した大衆的芸能である法界節だというところに、中国と日本の間を行ったり来たりする真鶴と重なるイメージがあるわけです。このことが、『真鶴』という小説を読み解く上での鍵、きっかけとなる役割を果たしているところに気がつくかどうかが大事なところです。

タイトルが大事だということは、『小僧の神様』のところでも強調しました。タイトルを何の気なしに見過ごしてしまえばそれで終わりですが、タイトルと作品の中身がどのような特徴と関連をもっているのかを細かく見ていくと、さまざまな文脈が現れてきます。ここでは、中国と行ったり来たりする真鶴と、中国から渡ってきた芸能である法界節の女との結びつき、ということになります。

さて、冒頭近くに、少年の通っている小学校の教員が若い女教員と連れだって歩いているとき、少年に教えたという和歌がでてきます。

我恋は千尋《ちひろ》の海の捨小舟《すておぶね》、寄る辺《べ》なしとて波の間に〳〵（p196・8）

こうした歌が出てきた場合にまずしなければならないのは、古典の中にこれに関連する歌があるかどうか、ということです。和歌は、それまでに作られた歌の引用や変形によって作られることがよくあり、とりわけ古典の場合はそうです。この場合も、たとえば「我恋は」という初句《しょく》で始まる恋歌《れんか》が、古典の和歌の中にどれくらいあるのか、あるいは、この歌そのものに何らかの原作や出典があるのかどうか、などを考えてみる必要があるということです。

今はインターネットで検索できますから、「古典和歌二十一代集総索引」というもので調べますと、「我恋は」を初句にもつ歌は四五首見いだすことができました。どの歌も、「我恋」を何物かに見立てていますが、その共通点を調べていきます。たとえばこの歌の場合、「我恋は千尋《ちひろ》の海の捨小舟《すておぶね》」

とありますから、それと関連がありそうな歌があるのかどうかという視点で見ていきます。たとえば、海が出てくるもの、知る人がいないというもの、行く先がわからないというものなど、少しでも関わりがありそうな歌を見ていきます。そうしますと、似たような心情や説き方をしている歌はありますが、形の上でも内容の上でも一致するものを見いだすことはできません。したがって志賀直哉は、こうした古典の歌を頭の隅に置きながら、この歌を新作したと考えていいのだろうと思います。どうしてこういう歌を新作したのかは、あとでもう一回きちんと説明をすることにしましょう。

ところで、「まな」という言葉について、古典の和歌との関係で心当たりのある人はおられますか。これについては、「古今集」などに、仮名序《かなじょ》と真名序《まなじょ》という言葉、つまり序文が出てきます。勅撰《ちょくせん》の和歌集の序文に、仮名序と真名序があるのはなぜか、ということですが、八つの勅撰和歌集をさす「八代集」の中で、仮名序と真名序の両方があるのは、最初の「古今和歌集」と最後の「新古今和歌集」の二つのみです。あとは、序がなかったり、あっても仮名序だけです。

では、真名序とはどのようなものなのか、ということです。「古今和歌集」の仮名序と真名序はどちらが先に作られたのか、その二つの関係はどういうものなのか、ということについては、古典の世界でも古くから論争になっており、いろいろな説があります。たとえば、「古今和歌集」の仮名序は紀貫之《きのつらゆき》、真名序は紀淑望《きのよしもち》の作だという説があります。伝本によっては、まず巻頭に真名序、つぎに仮名序があり、続いて本文が始まるものがあり、真名序を持たない伝本も少なくありません。

また、真名序が正式なもので仮名序は後代の偽作《ぎさく》とする説や、真名序より仮名序のほうが前に書かれたとする説、真名序が先でそれを参考に仮名序が書かれてそれが正式採用された、とする説もあります。真名序と仮名序のどちらが先かという論争には、学問的にはっきりした決着がついているわけではありませんが、この二つを比べてみるとおもしろいことがわかります。

真名序は、「真名」というのは漢字のことですから、すべて漢字で書かれています。漢字と書き下し文を一緒に見ていきますと、「古今和歌集」の真名序はこう書かれています。

大友黒主之歌、古猿丸大夫之次也。頗有逸興、而躰甚鄙。如田夫之息花前也。
大友の黒主が歌は、古の猿丸《さるまる》大夫《だゆう》の次なり。頗る《すこぶ》逸興《いつきょう》ありて、体甚だ《ていはなは》鄙《ひな》し。田夫《でんぷ》の花の前に息めるがごとし。

此外氏姓流聞者、不可勝数。其大底皆以艶為基、不知和歌之趣者也。
この外に氏姓流れ聞ゆる者、あげて数ふべからず。その大底《たいてい》は皆、艶《つや》をもちて基とし、和歌の趣きを知らざる者なり。

次のところがおもしろいです。

俗人争事栄利、不用詠和歌。悲哉々々。雖貴兼相将、富余金銭、而骨未腐於土中、名先滅世上。適為後　世被知者、唯和歌之人而巳。何者、語近人耳、義慣神明也。

俗人争て栄利を事とし、和歌を詠《えい》ずることを用いざる。悲しきかな、悲しきかな。貴《たっと》きこと相将《そうしょう》を兼ね、富は金銭を余せりといへども、骨いまだ土中に腐《く》ちざるに、名まづ世上《せじょう》に滅《つい》えぬ。適後《てきご》世に知らるる者は、唯和歌の人のみ。いかにとなれば、語は人の耳に近く、義は神明に慣《なら》へばなり。

「俗人争て栄利を事とし、和歌を詠《えい》ずることを用いざる」とはどういうことでしょうか。出世やお金儲《もう》けばかり考えて、和歌を重要視しないと、いかに高い位にのぼっても、お金をたくさん貯めたとしても、世の中にそうした人たちの名前は残らない。亡くなったあと世に知られるのは、和歌の人、つまり歌を詠んだ人だけなのだ、ということです。

つぎに仮名序のほうを見てみましょう。これはさきほど出てきた真名序の部分に当たる所ですが、これを和文に直しています。

大友黒主は　そのさまいやし
いはば薪負《まきお》へる山びとの　花のかげに休めるがごとし

つまり、田舎の人が花の前でちょっとひと休みしているというような感じで品がない、というのです。続けて、

このほかの人々　その名聞こゆる野辺に生ふるかづらの這《は》ひ広ごり林にしげき木の葉のごとくに多かれど歌とのみ思ひてその様知らぬなるべし

こう書いてありますが、ある部分がないということがわかります。どこがないかというと、先に挙げたここです。

俗人争て栄利を事とし、和歌を詠《えい》ずることを用いざる。悲しきかな、悲しきかな。貴《たつと》きこと相将《そうしょう》を兼ね、富は金銭を余せりといへども、骨いまだ土中に腐《く》ちざるに、名まづ世上《せじょう》に滅《ほろび》えぬ。適後《てきご》世に知らるる者は、唯和歌の人のみ。

この、地位を得ようとし、お金を儲けることをいかに達成したとしても、歌の上手という人たちが少なくなったことが残念だ、という部分です。真名序にはあるけれども、仮名序にはそれはないということです。ですから､真名序と仮名序のどちらが先にできたのかは現代でも諸説ありますが､真名序には仮名序には省かれた（あるいは後世から補われた）部分があることは事実です。真名序

には、人々が営利に走り、風流を忘れ、和歌の大切さを忘れ去ってきたという、読みようによっては文化を軽んずる政治を批判する内容ともいうべき部分が含まれているわけです。

「古今和歌集」に序があるのは、中国の文選《もんぜん》という詩文集を意識したからだと言われています。そうだとすると、真名序は「真名」、つまり漢字・漢文で書かれているということだけではなく、ここに中華的、大陸的な文学観の現れを見ることができるのではないかと考えられます。「真名」という言葉には、やはり中国的という意味が、この和歌というジャンルを考えることを通じてもうかがわれるわけです。

ところで、「八代集」で「真名序」「仮名序」を兼ね持つのが「古今和歌集」「新古今和歌集」の二つであることは先ほど申しましたが、この最後の「新古今和歌集」を、まだ編纂《へんさん》中であるにもかかわらず、ぜひ見せてくださいと頼んだ人がいます。鎌倉幕府三代将軍の源《みなもとのさねとも》実朝という人物です。編纂をしている藤原定家《ふじわらのていか》に、どうしても見たいからといって、取り寄せて見せてもらったのです。

実朝についてはみなさんご存じかと思いますが、鎌倉幕府第三代将軍です。歌人としても知られ、勅撰《ちょくせん》和歌集に九二首が入集しています。フェリス女子学院大学では、一五〇年事業として、「フェリス百人一首」という和歌集の編纂を進めていますが、その元になった「小倉百人一首」にも選ばれています。また彼個人の家集として、「金槐和歌集《きんかいわかしゅう》」という和歌集が、今日まで伝えられています。

その源実朝は一二〇五（元久二）年九月に、「新古今和歌集」を京都からわざわざ鎌倉に運ばせています。和歌集は未だ公的には披露されていなかったのですが、和歌が大好きであった実朝は、父の歌がこの集に入っていると聞き、しきりに見ることを望んだのです。ここになぜ実朝を登場させたかと言いますと、実朝の作品と真鶴との関係についてお話ししたいからです。

実朝は、鎌倉幕府の将軍であり、「鎌倉右大臣」という名前も持っていますが、実朝まで続く源《みなもと》、すなわち源氏《げんじ》は、伊豆地方から相模地方、そして三浦半島の一帯を自分たちの本拠地としていました。その実朝の作品には、まず、伊豆の海が出てきます。

箱根路を我が越えくれば伊豆の海や沖の小島に波のよる見ゆ

「続後撰」のこの一首には、「伊豆半島の年の暮だ」と小説の冒頭にある、伊豆の名が出てきます。真鶴岬そのものは伊豆半島には属してはいませんが、伊豆半島の年の暮れだということで、伊豆を大いに意識しています。

また「我恋は」で始まる歌も、二つの勅撰集に入れられています。

新勅撰和歌集巻第十四　恋歌四　鎌倉右大臣
我恋は／あはてふるのゝ／をさゝ原／いくよまてとか／霜のをくらん
続後撰和歌集巻第十一　恋歌一　鎌倉右大臣

我恋は／はつ山あひの／すり衣／人こそしらね／みたれてそ思ふ

そして、実朝と『真鶴』という小説の関係を結びつけるさらに重要な証拠というべきは、「小倉百人一首」にも採られている有名な歌です。

新勅撰和歌集　羇旅　鎌倉右大臣
世の中は常にもがもな渚こぐあまの小舟《おぶな》の綱手《つなて》かなしも

この歌は、「万葉集」「古今集」の二つの和歌の「本歌取り」としても知られています。

川上《かわかみ》のゆつ岩群《いわむら》に草生《む》さず常にもがもな常処女《とこおとめ》にて「万葉集」一・二二（吹芡刀自）
陸奥《みちのく》はいづくはあれど塩釜の浦漕《こ》ぐ舟の綱手かなしも「古今集」東歌・一〇八八（よみ人しらず）

この二首の本歌があり、これを本歌取りして実朝が作ったのが、「世の中は常にもがもな渚こぐあまの小舟《おぶな》の綱手《つなて》かなしも」です。実朝の歌は、これらを本歌としつつも、それ自体とてもよい歌です。この世の中はいつもいまのままであってほしいな、変わることなく今のままであってほしいな、渚を漕いでいく漁師たちの小舟の綱の様子がいかにも情趣深くしみじみと感じられるから、という歌です。

次は、小説『真鶴』の一節です。（p199・8〜）

——沖へ沖へ低く延びている三浦半島が遠く薄暮《はくぼ》の中に光った水平線から宙《そら》へ浮かんで見られた。そして影になっている近くはかえって暗く、岸から五、六間綱を延ばした一艘《そう》の漁船が穏やかなうねりに揺られながら舳《へさき》に赤々と火を焚《た》いていた。

これと、実朝の「世の中は常にもがもな渚こぐあまの小舟《おぶな》の綱手《つなで》かなしも」という和歌を読み比べると、明らかに関連が見いだされます。真鶴半島から三浦半島が見えるということであれば、相模湾ごしに鎌倉の火も遠くに見えるはずです。沖へ沖へ低く延びている三浦半島が見られ、そしてその手前に、あまの小舟が見えているという設定です。

相模湾を一望する薄暮《はくぼ》の情景の中で、宙に浮かんでいるように見える対岸の三浦半島、その付け根のあたりに、征夷大将軍である実朝の幕府所在地である鎌倉が、おそらく家々にともる灯りの光で目立っていたに違いありません。そこまで考えてみると、この『真鶴』とは、「万葉集」「古今集」「新古今集」「新勅撰和歌集」などの和歌集を下敷きにして、東国の武士・征夷大将軍鎌倉右大臣実朝の存在、その政治と文学に深く結びついた作品であるということができると思います。

ここまでくると、実朝と中国との関わりはどうだったのかと考えざるをえません。鎌倉時代の中国との関係について言うと、陳和卿《ちんわけい》という人が登場してくることになります。一二世紀から一三世紀初めの人です。

陳和卿（生没年未詳）は、中国、南宋の職人です。平安時代末期（一二世紀末）に来日し、一一八〇（治承四）年に東大寺が焼失した後、重源《ちょうげん》という僧侶に従って、焼損した大仏の鋳造と大仏殿の再建に力を尽くした人です。彼は鎌倉幕府成立後の一二一六（建保四）年に鎌倉に赴《おもむ》き、「当将軍は昔宋朝の医王山の長老であった。その時、私はその門弟に列していた」として、実朝との面会を希望します。そして、実朝に拝謁《はいえつ》した陳和卿は三度拝み、「あなたの前世は医王山の長老だったのです」と、泣きながら述べたと言います。それは、実朝が五年前に見た夢に出てきた高僧の言葉と同じであり、その夢のことは誰にも話していないはずなのに、この中国人である陳和卿が言ったことは自分がみた夢そのままであるとして、陳和卿を信用します。そして、そうであるならば、自分は日本を離れてその医王山に行きたい、だから舟を作ってくれと相談するわけです。陳和卿は大船を建造し、翌一二一七年四月に完成して由比ヶ浜まで運んできますが、進水式をしたところ、船は海に浮かばず、砂浜で朽《く》ち損じてしまったということです。この、実朝の願いが叶わなかったというエピソードは「吾妻鑑《あずまかがみ》」という鎌倉幕府の公式な記録に書かれています。

実朝がなぜ陳和卿をそれほど重用し、現将軍である身でありながら、大船による大陸渡航を思い立つにいたったのかについては、諸説あります。太宰治が好きな人は、『右大臣実朝』という作品を読んだことがあるかもしれませんが、その中にも陳和卿のエピソードが出てきます。いずれにしましても、実朝が大陸との文化・歴史のつながりに強い関心をもち、そこに憧《あこが》れた存在であったことは、まぎれもない歴史的な事実です。ここまで見てくると、『真鶴』という小説が、ただ単に真鶴という半島を舞台にした少年の話なのではなく、和歌という文藝《ぶんげい》を媒介にした多くの重なりのある舞台での、複雑な話であることがわかってくるのではないかと思います。

ここまでは古典の世界を中心にして話をしてきましたが、ここから先は、みなさんもなかなか思いつかない話として展開することになります。ここまでは古代後期からの歴史を論じてきましたが、この小説が内包する歴史性は、近代にまで延びてきているということです。それは、海軍にかかわる話なのです。（p197・9～）

その日彼は父から歳暮の金を貰うと、小田原まで、弟と二人の下駄を買うために出掛けた。ところが下駄屋へ来るまでに彼はふと、ある唐物屋《とうぶつや》のショーウインドウでその小さい水兵帽を見つけた。彼は急にそれが欲しくなった。そこで後先《あとさき》の考えもなく、彼は彼の財布をはたいてしまったのである。

この、下駄を買う金で水兵帽を買ってしまった男の子のエピソードには、日本の海軍の近代化政策による拡張の歴史が絡んでいます。（p197・13〜）

彼の叔父《おじ》に、元根府川《ねぶがわ》の石切人足で、今、海軍の兵曹長になっている男がある。それから彼はよく海軍の話を聴いた。そして、自分も大きくなったら水兵になろうと決心していた。

真鶴半島が「小松石」で有名なように、根府川もまた「根府川石」の産地として有名でした。根府川は真鶴のすぐ近くで、真鶴半島の根っこのところに、東海道線の駅でいうと根府川、真鶴とほとんど並んでいるような近所にあります。この辺は、漁師や石切場の人足さんたちが働く、地場産業の要であったわけですが、少年の叔父は、もともとはそこで石切の仕事をしていました。しかし今は、海軍の「兵曹長《へいそうちょう》」になっています。兵隊から昇進する階級としては最上位で、特別の功績を立てた者のみが昇進できる階級ですので、少年の「水兵帽」へのあこがれはここからきています。つまり近代日本の拡張主義と海軍という歴史がそこにあるということが言えるわけです。

この頃「兵曹長」といえば、一九〇四年の日露戦争の旅順口閉塞作戦《りょじゅんこうへいそくさくせん》と、その戦いにおける「軍神」としての杉野孫七兵曹長、広瀬中佐のエピソードが、直ちに思い浮かんだに違いありません。第二回旅順口閉塞作戦で、広瀬武夫の率いる閉塞船・福井丸の指揮官附となったのが杉野孫七です。同年三月二七日、福井丸が旅順港口に接近し、まさに自爆しようとすると同時に敵の水雷が命中し、船底がたちまち裂けて浸水、瞬時にして沈没してしまいます。広瀬は直ちに乗組員をボートに移して人員を点呼しましたが、爆薬点火のために船艙《せんそう》に降りた杉野孫七の姿はありませんでした。「杉野はいないか!? 返事をしろ！」という広瀬の呼びかけにも答えはなく、三度にわたる船内捜索でも見つからなかったということで、ボートに移ろうとするときに広瀬大尉の身体に相手の大砲弾が炸裂《さくれつ》し、広瀬は木っ端みじんに亡くなってしまい、杉野も福井丸と運命をともにしました。この報が伝えられるや、広瀬は中佐へ、杉野は兵曹長に二階級特進し、特別に功労のあった人に与えられる金鵄勲章《きんしくんしょう》を与えられます。東京には銅像が建てられ、靖国神社にも碑が建てられ、文部省の唱歌にもなります。つまり杉野という名前に結びついた兵曹長というのは、少年にとっては叔父ですが、日本の近代植民地拡張主義の中で、海軍の活躍が大きく取り沙汰《ざた》された、大陸侵略主義礼賛《らいさん》の一面を持っていたわけです。

さて、少年の歳《とし》はいくつだったのかというと、「十二、三」歳でした。小学校を卒業して次の進路を決めなければならない大事な時期だということになります。当時のことですから、中学校への進学は特別な人にしかありえません。となると、彼には二つの道の選択があったことになります。一つは、「真鶴の漁師の子」として、親の仕事を継いで漁師になり、地元に根付いた伝統的な仕事に就《つ》くということです。二つ目は、地元の仕事だった石切人足から兵曹長に昇進した叔父への憧れから水兵となり、生命と引き換えに近代化日本の拡張政策に乗じて一旗揚げることであり、このどちらかしかなかったでしょう。

そこに突然あらわれたのが、「法界節」の一行でした。「真鶴」「法界節」の世界というものを考えると、大陸やその文化への漠然《ばくぜん》たる憧れが見られます。この少年の、法界節の女への、恋という言葉は知りませんでしたが、その恋に思い悩んでいるというのも、未知なる世界への憧れが生じたということなのです。

海軍の戦艦が近代化の象徴であったように、規模は段違いとはいえ、熱海軽便鉄道の汽車もまた、近代化のもたらした恩恵であったはずです。作中に登場する「熱海行きの小さい軌道列車」は、一九〇七年に蒸気機関車が牽引《けんいん》する軽便鉄道となりました。その後、東海道本線のルート変更などもあり、国に売却されますが、一九二二年に東海道本線の小田原駅―真鶴駅間が「熱海線」の名で開業すると、その並行区間を廃止して残存区間で営業を継続していましたが、二三年に発生した関東大震災で壊滅《かいめつ》的な打撃を受け、そのまま廃止となっています。小説本文には、法界節一行を乗せた軽便鉄道が崖下に転落する場面を、少年が幻視《げんし》する場面があります。ここの解釈についてはいろいろあると思いますが、私は、急速で無理な近代化の危険性と、中国からの伝統文化が近代的機械の事故によって壊滅するさまを、比喩《ひゆ》的に描き出しているのではないかと考えています。（p201・15〜）

彼はまた女の事を考え始めた。今の汽車に乗っていたのかと思うと彼の空想は生々《いきいき》して来た。

この先の出鼻の曲がり角で汽車が脱線する。そして崖《がけ》から転げ落ちて、女が下の岩角に頭を打ちつけて倒れている有様を彼はまざまざと想い浮かべた。

この小説を書いたあと、実際に脱線事故が起こります。志賀直哉はこの事故を見てこの小説を書いたわけではありませんが、志賀がそうした有様を幻視していたということだろうと思います。

小説の結末で、自分のかぶっていた水兵帽を取って弟にかぶせてやる場面が出てきます。（p203・1〜）

（弟は）母親が叱るとなお暴れた。二人は持て余した。彼はふと憶《おも》い出して、自分のかぶっていた水兵帽を取って弟にかぶせてやった。

「ええ、隠順《おとな》しくしろな。これをお前にくれてやるから」こういった。

今はその水兵帽を彼はそれほどに惜《おし》く思わなかった。

少年はここで、水兵帽への執着《しゅうちゃく》、すなわち叔父への憧れ、つまりは水兵になることへの望みを自ら手放したことになります。だとすれば、彼は軍人にではなく、漁師か小松石の石切人足になるであろうことが、事後的に想像できると思います。お父さんの後を継ぐか、叔父が最初やっていたような地場産業につくか、ということですが、漁師と石切人足をつなぐ神として、真鶴貴船《きぶね》神社があります。この真鶴貴船神社には「貴船祭り」というお祭りがあります。

貴船神社には、こうしたいわれがあります。真鶴岬の三ツ石の沖合いに毎夜ふしぎな光が現れ、海面をこうこうと照らしていた。ある日「平井の翁《おきな》」という人が磯辺に出て、はるか沖を見渡したところ、光を背にした一隻の屋形船が波間に浮かび、磯辺に近づいて来るので、船内を調べると、木像一二体と「この神をお祀《まつ》りすれば、村の発展がある」と記された書状があった。そこで翁は村人と力を合わせて、村の鎮守の神としてお祀りした。それが貴船神社の起源だと伝えられています。その後、村民の間で深く信仰され、一七世紀中頃には船に神霊を移して港内の漁船、石船を祈祷《きとう》してまわり、また、神輿《みこし》が三年に一度村内を渡御《とぎょ》するようになったのが、貴船祭りの起こりだとされています。

近世以降の真鶴の人々は、生活の基盤を漁業、石材採掘業、またその石材を運ぶ運送業に置いて生活していました。昔はトラックもクレーンもありませんから、筏《いかだ》を組み、その筏の浮力を使って石を載せて港に出、そこから舟で海上を運んでいきました。当時の漁業、回漕《かいそう》業に使用されていた船は型の小さい漁船です。石材業においても現在のような機械の導入がありませんので、厳しい自然のなかで、常に危険にさらされながらの生活でした。そういう海との関わりあいのなかで、災難を避け、福を呼んでくれるということで、船を使う漁師、筏を使う石切職人、またそれらをもとにしたさまざまな商業を行う業者などの間で、自然に信仰が生まれましたから、舟や筏はとても大事なものでした。それで「貴船神社」という名がついたということです。

また、「貴船」は「来船」であり、もともと「来の宮大明神《キノミヤ》」とも呼ばれていたのを、明治の初めに貴船神社と改称したということになっています。キノミヤ信仰、キノミヤ様と呼ばれていたのは何かということですが、神奈川県西部から静岡県伊豆半島にかけての相模灘沿岸部に広く分布する信仰です。まさに、根府川から真鶴にかけてのあたりがキノミヤ信仰の中心であると言えます。

主に「キノミヤ」を冠《かん》する神社をその対象としており、木宮、貴宮、黄宮、木野宮、紀伊宮などと書かれ、その祭神も一定ではありませんが、舟でやってきた木の神様がたどり着いたところに祀る場合も多いのです。またキノミヤは海からやってきた神様という意味で、海岸部に位置し、その創祀《そうき》も漂着物《ひょうちゃく》を神体として祀るというところから、漂着神（寄り来る神）に由来するという説もあります。真鶴の貴船神社は、この漂着神を由来にもっているということです。

ここから考えられるのは、「海上の道」ということです。鳥としての真鶴が、空を飛んで、主に北方をルートとして大陸と日本との間を往還するのにたいして、キノミヤは、海流に乗り、島伝い、陸地伝いに南方からのルートで大陸や南島と日本を結んでいたものと考えられます。このキノミヤの中にも、大陸と日本との文化的交通のあとが見出されるということです。

こうして、『真鶴』のテキストから読み取ると、中国大陸と日本、あるいは南島、朝鮮半島、中国の東北、満州といった広い拡がりのなかで、この話が作られていることがわかると思います。それを読み解く最初のヒントは、真鶴半島の姿とそこに現れた真鶴の生態でした。この言葉をきっかけにして、勅撰和歌集に付された真名序と仮名序、将軍源実朝と陳和卿、清楽に元をおく法界節と男の子の恋、日清・日露戦争と軍神・杉野兵曹長、千尋の海の捨小船、戦艦三笠・熱海軽便鉄道という日本の危うい近代化、キノミヤ信仰とマナヅルによる大陸との悠久《ゆうきゅう》の交流といった、ざっと数え上げただけでもこれだけの論点が見いだされたことになります。もっと細部に立ち入れば、さらに細かい歴史的・社会的・文化的考察が可能であろうかと思います。

源実朝にしても、日清日露戦争にしても、これらは武人であり、戦争です。一方、実朝は歌詠みという文人としての性格を持った人であり、中国に憧れを持ってもいました。真鶴の姿をした女性は、中国に端を発する法界節という、芸能を生業《なりわい》にしていました。これらの論点の中に、戦争と芸術や芸能、武と文との対立と統一がある、ということになります。東アジアの文化、政治思想史の中で、武の立場をとるべきなのか、文の立場をとるべきなのか、あるいは、それとは違った道をとるべきなのか、ということが、この作品の中から投げかけられているということができると思います。

『真鶴』という小説をざっと読んで、ひと通りの風景描写と男の子の歳の暮れに近い一日の出来事というふうに見てしまえば、それで終わりです。しかし、そこからどれだけのものが読み取れるかと深掘りをしていくと、悠久の東アジアの文化、思想、政治史というものに行き当たります。これが、文学を読んでいく際の、一番面白い方法ではないかと私は思っているわけです。真に教養となる文学史や文学の読み方というのは何なのか、一つの小説の中から、文化、政治、思想の広大な領域に関わる長いスパンでの歴史の発見ができれば、文学研究の冥利《みょうり》につきるというものです。それは、言葉の性質そのものが内包《ないほう》する、社会性とか、歴史性というものが潜在《せんざい》するテキストとして文学を読んでいくことであり、文学というものを、一つの歴史であり、一つの社会であるものをそのなかに内包しているものとして、読んでいくということです。そのことによって、小説の文章から、限りなく奥深く、幅の広い、ある世界の図が現れてくるということになるのではないかと思います。

あとがき

ここまで志賀直哉の四つの短編小説を読み解いてきましたが、神様だ、神話だというだけではなく、その中に込められた人間の正義とはなにか、近代天皇制のあり方はどうあるべきかといったことについての洞察《どうさつ》まで、見えてきたのではないでしょうか。こういった神話の時代から近代に至るまでの言葉の蓄積が、文学の中に込められているのだということを発見していく、それを体験していただくことが、この講座の大きな目的、目標でしたが、それはみなさんも十分に体験されたことであろうと思います。

そういう種明かしも含めまして、今の文学の研究が、そういう方法で行われているのだという一面を味わっていただけたなら大変ありがたく存じます。

島村 輝（しまむら・てる）

フェリス女学院大学教授。専門は、日本近代文学、プロレタリア文学。「逗子・葉山九条の会」事務局長、日本社会文学会代表理事などを歴任。「蟹工船」エッセーコンテスト選考委員長を務めるなど、小林多喜二研究で知られる。著書に、『臨界の近代日本文学』（世織書房）など、編著に『大江健三郎 日本文学研究論文集成』（若草書房）、『アジアの戦争と記憶――二〇世紀の歴史と文学』（勉誠出版）など、多数。

協力 株式会社 たびせん・つなぐ
http://www.tabisen-tsunagu.com

装丁 加門啓子

読み直し文学講座 Ⅳ
志賀直哉の短編小説を読み直す
――「小説の神様」が仕組んだ「神話」と「歴史」のトリック

2021年1月20日 第1刷発行
著　者　© 島村輝
発行者　竹村正治
発行所　株式会社かもがわ出版
〒602-8119 京都市上京区堀川通出水西入
TEL075-432-2868 FAX075-432-2869
振替 01010-5-12436
ホームページ http://www.kamogawa.co.jp
印　刷　シナノ書籍印刷株式会社

ISBN978-4-7803-1130-3 C0395

読み直し文学講座

Ⅰ　夏目漱石『心』を読み直す（小森陽一）
――病と人間、コロナウイルス禍のもとで（既刊）

Ⅱ　二葉亭四迷、森鷗外の代表作を読み直す（小森陽一）
――近代小説の出発、立身出世主義の時代の失業と恋愛（既刊）
二葉亭四迷『浮雲』、森鷗外『舞姫』

Ⅲ　樋口一葉、幸田露伴の代表作を読み直す（小森陽一）
――転換期の女性と男性、江戸と東京のはざまで（既刊）
樋口一葉『にごりえ』、幸田露伴『五重塔』

Ⅳ　志賀直哉の短編小説を読み直す（島村 輝）
――「小説の神様」が仕組んだ「神話」と「歴史」のトリック（本書）
『小僧の神様』『城の崎にて』『焚火』『真鶴』

Ⅴ　小林多喜二の代表作を読み直す（島村 輝）
――プロレタリア文学が切り拓いた「時代を撃つ」表現（近刊）
『蟹工船』『不在地主』

A5版、108～116頁、本体1200円＋税